〖中华诗词存稿·名家专辑〗
中华诗词学会 编

石桥轩吟稿

李葆国 著

中国书籍出版社
China Book Press

图书在版编目（CIP）数据

石桥轩吟稿 / 李葆国著 . —— 北京：中国书籍出版社，
2019.12

（中华诗词存稿）

ISBN 978-7-5068-7717-6

Ⅰ . ①石… Ⅱ . ①李… Ⅲ . ①诗词—作品集—中国—
当代 Ⅳ . ① I227

中国版本图书馆 CIP 数据核字 (2020) 第 004655 号

石桥轩吟稿

李葆国 著

责任编辑	李国永	
责任印制	孙马飞　马　芝	
封面设计	采薇阁	
出版发行	中国书籍出版社	
地　　址	北京市丰台区三路居路 97 号（邮编：100073）	
电　　话	（010）52257143（总编室）（010）52257140（发行部）	
电子邮箱	eo@chinabp.com.cn	
经　　销	全国新华书店	
印　　刷	北京虎彩文化传播有限公司	
开　　本	710 毫米 ×1000 毫米 1/16	
字　　数	280 千字	
印　　张	21	
版　　次	2020 年 4 月第 1 版　2020 年 4 月第 1 次印刷	
书　　号	ISBN 978-7-5068-7717-6	
定　　价	298.00 元	

《中华诗词存稿》
编委会名单

作者简介

　　李葆国，字塬村，1952年生，山东武城人。出身于山东省优秀教育世家，中华诗词学会常务理事，中华诗词学会学术部副主任，北京诗词学会副会长，中华诗词学会培训部高研班导师。著有诗集《石桥轩吟稿》。

总 序

我们这个诗歌大国有一个很好的传统，历来注重"采诗"、搜集整理诗歌材料。作为唯一的全国性诗词组织的中华诗词学会，自 1987 年 5 月成立以来，就十分重视这项工作。学会每年的学术研讨会和历届华夏诗词奖，都出版论文集和获奖作品集。纪念学会成立二十年、三十年时，还专门编辑出版了《大事记》《论文选集》《诗词选集》。《中华诗词》创刊以来，每年都制作年度合订本。2007 年 5 月，在"北京天识东方文化艺术传播有限公司"资助下，以近代以来诗词创作、诗词理论、诗词运动重要文献汇编，当代名家个人作品专集等为主要内容，出版了《中华诗词文库》。经过十来年的编辑整理，已经出了近百卷。这些诗集、文集的出版，记录了近百年来尤其是改革开放四十多年来，中华诗词从起步、复苏走向复兴的砥砺前行的历程，为近、当代诗歌史的撰写准备了丰富的资料。

党的十八大以来，中华民族优秀传统文化重新受到应有的重视。习近平总书记《念奴娇·追思焦裕禄》词和《军民情》七律的相继发表，引领中华大地诗潮滚滚而来。《中共中央关于繁荣发展社会主义文艺的意见》和中办、国办《关于实施中华优秀传统文化传承发展工程的意见》，都明确提出"加强对中华诗词、音乐舞蹈、书法绘画、曲艺杂技和历史文化纪录片、动画片、出版物等的扶持"。国家教育部组织制定由中华诗词学会起草的新中国语言体系中的新韵书《中华通韵》已经通过国家语言文字工作委员会语言文字规范标准审定委员会审定，即将颁布全国试行。这些，都使我们真切地感受到，中华诗词的春天真的到来了。诗人们乘着骀荡春风，正以高昂的激情，书写着中华民族伟大复兴的新时代、新史诗，国家富强、民族振兴、人民幸福的中国梦；正以与人民同呼吸、共命运的诗人之心，对人民的欢乐，人民的忧患，人民的情怀给以诗意的表达；正以"美"或"刺"的诗人之笔，对市场经济大潮中人民对幸福生活的期待，对美好未来的希望，对假丑恶的深恶痛绝，或给以方向，或给以赞美，或给以鞭挞。正如习近平总书记所指出的："好的文艺作品就应该像蓝天上的阳光、春季里的清风一样，能够启迪思想、温润心灵、陶冶人生，能够扫除颓废萎靡之风。"

当前，传统诗词创作者和诗词爱好者队伍发展迅速，已超过三百万。每天创作的诗词作品超过唐诗、宋词、元曲的总和。诗词评论研究队伍也成长很快，诗词评论、诗词学、诗词创作理论研究成果丰硕。如何从浩如烟海的诗词作品中"淘"出优秀作品，并使之存下来、传下去，如何使诗词研究理论成果"面世"并发挥应有的指导作用，确实是摆在我们面前的无可回避的一个重要课题。中华诗词学会是一个没有国家编制，没有国家拨款的社会团体，事业的运转主要靠社会赞助和会员费支撑。俊识（北京）文化传媒有限公司总经理吕梁松，北京采薇阁总经理王强，两位一直是对中华传统文化情有独钟的热心人，慷慨解囊，愿意同中华诗词学会一起，搜集整理编辑推出《中华诗词存稿》这套书，共同为中华诗词文化的继承和发展，做成这件十分有意义的事情。

《中华诗词存稿》主要搜集整理出版三部分内容的资料：一是当代诗词名家的个人作品集；二是当代诗词评论家、诗词学者的学术著作集；三是当代诗词作品、诗词理论学术成果阶段性、专题性、地域性的集成类作品集。诗词作品强调精品意识，沙里淘金，把"有筋骨、有道德、有温度"的优秀诗词作品搜集起来。诗词评论、研究类资料强调理论性和创新性，应具有鲜明的个性特点，具有创建性的见解。集成类的资料应有一定的史料保存价值。总之，做成一套具有当代价值和历史意义的好书。在此，我们编委会人员，向提供资料，筛选编辑，版面设计，校对勘误，包括所有为这套资料付出辛勤劳动的同志们，表示真诚的谢意！

郑欣淼

二○一九年七月于北京

雄浑空灵　自成高逸

——《石桥轩吟稿》序

与葆国游处有年，其为人也雄健魁梧，声若宏钟。待人以诚，执礼以恭，勇于任事，知难而上，不计毁誉，余以为有丈夫气，能与人共肝胆，目之为推土机式的干才。近以《石桥轩吟稿》见示，余读而快之。其诗能于雄浑中蕴空灵之气，古朴中见疏野之致，故能拔奇领异，自成一家。如《长白山》。

> 雨电云雷息一肩，冰轮心镜对苍天。
> 独披白发三千丈，遍播春温五百旋。
> 苔点流光蓄岑寂，雪融燧梦滴缠绵。
> 虚怀长照嶙峋骨，满目葱茏化自然。

一起两句何等雄奇空灵，结句溶入哲理，尤觉意味深长。其《鸟巢》二首：

> 钢梁且作柔肠绕，纬古经今筑鸟巢。
> 直把炉花熔圣火，拼将热血荐唐尧。
> 欢声尽拂百年耻，壮举欣催四海潮。
> 情注五环圆一梦，好抟鹏翼上重霄。

又

有巢新筑鸟思归，心翼蓝天两不违。
万缕情丝圆一梦，绿橄榄挟白云飞。

前者重笔实写，把这一现代高科技的钢铁杰作比作经纬古今，点燃圣火，洗尽旧耻，催化宏图的伟大象征。可谓思笔两妙，不同凡响。后一首则通体空灵，转身虚际。这个鸟巢入住的正是象征世界吉祥的和平之鸽呀！"绿橄榄挟白云飞"可谓妙于取喻！

葆国之诗，不主一格，恒能涉笔成趣，有着手生春之妙。如《访贾岛祠》云：

诗从野峪石中来，峻峭岂随云意裁。
驴背推敲安也未？小祠人去唤难开。

又《秋访古崖居》云：

茫茫妫水畔，寂寂古崖居。
石穴抱云白，秃檐筛雨疏。
鳌声千片暖，雁字几封书。
苔径萦萝户，依依羁梦初。

皆野趣叠出，极得自然之高致。前者以石气、云意形容贾诗之清苦，后者的"石穴抱云白，秃檐筛雨疏"则俨然晚唐姚合、周贺声口，令人玩味不尽。

其《再访黄叶村》云：

> 几番寻梦到村西，寂寞槐阴可有知？
> 昨岁燕回人去早，今春桃讯蕾开迟。
> 空林欲阻白云磬，杏雨偏催红豆词。
> 醉里青山犹胜酒，一蓬芳草两情痴。

将一段怀念曹雪芹的怅悒情思写得如此缠绵悱恻，谁能不为之感动。其《夜宿桃花谷》云：

> "含烟篱落三竿月，皱黛村塘一笛风。
> 花气有心催句老，髻鬟无意竞春红。"

笔墨一变而妍鲜新翠，令人欣喜。

读葆国的诗每有峰回路转，别开生面之快感。葆国之诗作，虽不算多，但颇有新意和文彩，倘能持之以恒，则必能精进无已，愿拭老目，以观大成。

周笃文

庚寅初冬于影珠书屋

满襟风雨　千秋气象

——李葆国《长城组诗90首》赏析

朱　彦

凄美的忧患意识、斑驳的沧桑历史、深远的家国情怀把一幅波澜壮阔的人文画卷呈现在人们的眼前，这就是李葆国先生的组诗《长城组诗90首》。

踏上青苔，走上石阶，攀上风霜剥蚀的一段城墙，那里的一块砖、一片堞都在我们心中荡漾。《长城组诗90首》以其独特的视角、悲悯的情怀、雄壮的笔调揭示了长城的过去与现在、外在与内涵。不但使我们感触到她的气势气概，更触摸到了她的情结与精神。

民族气节是《长城组诗90首》的基本格调。抵御外侵、顽强抗敌、英勇节烈的民族精神充满了长城诗的始终。《秋登慕田峪》："迭宕峰峦一剑裁，雄关飞渡塞云开。九重谁筑连城垒，千古几多匡世才？但使秋风染双鬓，不教征骨没荒莱。苍山遥望霜红处，故戚将军布箭台"。以苍凉的笔调讴歌戚继光率众杀敌的坚强意志，表现了大无畏的民族气概与精神。《雷台随想》以凄凉的笔触赞美汉将军李广镇守边塞，冲锋陷阵的事迹。"未许雷台惊梦魂，凉州西望气如神。若无宝马踏飞燕，岂有长缨扼塞云。酒怨青杨情不老，武威西域画难真。三关刁斗催星月，光耀千秋汉将军"就是这种民族气节的写照。表现这种民族情怀和气节的还有《登雁门关》："重上雄关不自持，金沙鏖战我来迟。愿倾报国一腔血，从补杨家五路师。旗振将挥军令后，城回忠尽满门时。半轮秦汉多情月，来钓千秋边塞诗"。讴歌了杨延昭率领杨家五路师守边抗敌的英雄气概。

家国情怀是《长城组诗90首》的精神实质。家国情怀就是国家精神，就是对自己国家的认同与归属、责任和使命。《长城组诗90首》无时不有、无处不在地表现了这种精神。《统万城怀古》："秋风几度叹曾经，忍看残垣没乱荆。千里狼烟逐时渺，三边沙碛入眸青。繁华失处何统万？血泪逾年难洗腥。无定河旁回梦雨，朝朝诉与白云听"。通过对统万城的缅怀凭吊，深刻表达了诗人的家国情怀，特别是尾句移情法的使用，进一步扩张了作品的意蕴。《过亓莲关》："夜宿偏村春未阑，残垣花树吊征鞍。千秋一枕乡关月，万里几多驼梦寒。马上琵琶安甲帐，天涯消息动栏杆。刀兵尽付长鞭影，情结每教和泪看"。登城关望莲花山，连绵起伏的长城引起诗人的遐思，挥笔写下这感人肺腑的诗篇。浓厚的乡心国心，在不同层面上抒发情感，张扬国家精神。

忧患意识是《长城组诗90首》的根本理念。超越小我，将国家与人民的前途命运系于身心，是作者创作长城诗的初衷。《长城组诗90首》深刻地表征了这样的情绪。《过山海关》："欲把狼烟锁塞外，岂知鼙鼓起城头"。

通过对明朝崇祯皇帝自杀，吴三桂引清兵入关的历史的惋叹，深刻阐释了治国治平、忧国忧民之重理。《山海关老龙头抒怀》："俯拾狂涛浇块垒，几多垒块可安澜"更是从国家的深度来阐发其忧国忧民之意。表达这种忧患意识的还有《庚寅夏偕士海兄及顺义诸友登司马台长城》："峰回连塞雨腾虬，雄峙幽燕第几州？漫卷层峦云浩荡，俯临紫陌客风流。九门谁解三弦意，一剑难消千古忧。欲逐祖鞭巡禹甸，振衣更上十三楼"。雄关如剑却难解千古忧怀，如此情肠萦绕诗人笔下，给人以无尽的沉思。

把上下几千年，纵横几万里的长城一起摄入《长城组诗90首》中，是作者深厚的文化底蕴，饱满的爱国热情，浓郁的忧患意识使然，是国家精神与民族气节的回归与召唤。这不仅是一部边塞诗，更是一部醒世诗，它昭示我们回看历史、走出历史，唤醒我们的深情大爱。我们应时刻不忘"天下之本在国，国之本在家，家之本在身"的教诲，恪尽兴国之责，把我们的意志铸成牢不可破的精神长城，为祖国的千秋大业贡献一己之力。

目　　录

绝 句

五 律

七律

绝句

啸天诗馆

绝唱鸣诗馆，百年登咏楼。
仰天凭一啸。滚滚大江流。

秋到玻璃台

将熟秋山梦，青驴驮上云。
紫薇清照影，石径暮归人。

题八十老妪促膝夕阳图

细问当年事，无防身后霜。
斜阳情未了，对影小姑娘。

伞

　　端午假前遇雨，物业站美女站长问伞，顿觉温馨。只为遮雨，非关晴也。

每在雨前询，非关疏与亲。
撑开避风雨，收起蓄温馨。

谒冯雪峰墓

墓碑石上泪，旧纸字间痕。
都作倾盆雨，来澄烈士魂。

谒骆宾王祠

诗出童翁乐，檄成天下惊。
谁能掷肝胆，亘古一书生。

乌镇西栅夜泊

蛩声板桥巷，竹影木茶楼。
灯漾水乡夜，桨摇古镇秋。

登天问台

奇峰列千仞，悬瀑动琴弦，
险处何须问，凌云尽得天。

缅桂花开十里香（北京园博园配诗）

竹翠林烟白，峰高云欲裁。
桂花香沁露，人过小桥来。

题南尖岩瀑布

人在瀑前立，思从绝壁云。
挟雷行万里，涤尽世间尘。

平谷鱼子山赏大棚桃花

户外寒如铁，棚中花影织。
握疼长镜头，恐误春消息。

游薰衣草园

漫漫复菲菲，游人欲忘机。
瑶池盈紫墨，遍地草熏衣。

梅园拾句

入夏叶萋萋，芳魂何处栖。
坠黄梅子雨，可是祭香泥。

古堡题壁

城守千秋固，征人历苦多。
遍巡古堡上，几与将心和。

清　明

何物最伤心，清明时节雨。
几多严父恩，悄对亲娘语。

清　明

无雨不清明，律回阳气升。
桃开三日后，深巷买花声。

十万大山睡佛峰

卧佛几成眠，须询石上天。
千秋风逐雨，都在梦中看。

上思石棺探迷

非福亦非灾，全从卦里埋。
石棺千载梦，一枕七星台。

题雾灵山大坡村农家院

峰影岚光绿到门，葡萄小院晚风薰。
杯盘新满农家味，短信回敲带酒温。

谒宗泽墓

城悬半壁国无邦，碑石宁残马不降。
芒铁已携兵革去，尤将鱼匣枕长江。

金陵渡与同乡张祜塑像合影

渔火星星远小楼，乡关万里几曾游。
牵衣却在千年后，一样江烟两样愁。

钓鱼岛

东瀛旧事未曾消，浊浪偏从伤口浇。
海石无言长饮恨，台彭饱蘸好磨刀。

过洪泽湖怀陈老总

高家堰上柳烟轻，漫抚星云波不惊。
风雨当年洪泽渡，绕碑犹有马蹄声。

访寿光稷台诗社

大棚笼韵墨盈墙，一叶知春兴味长。
诗到寿光逢沃土，出泥犹带菜根香。

题菜博园

架上南瓜地上莼，一棚能笼四时春。
未到寿光休论菜，天书读破是齐民。

马踏飞燕（北京园博园绿岛配诗）

神州有梦不须猜，气拓瑶池万象开。
天马久呈腾跃势，龙吟虎啸踏云来。

吊余光中先生

一张邮票牵两头，心雨深涵家国忧。
噩耗新牵一头去，乡愁未尽又诗愁。

谒骆宾王墓

紫陌小楼油菜花，漫扶衣冢说天涯。
一从主簿仙然去，处处鹅声处处家。

过菜市口怀袁崇焕谭嗣同

赤心倾尽是愁肠，惊破长街惊庙堂。
耻否当年菜市口，每临危难噬忠良。

登鹳雀楼

关河犹向画楼开，笙鼓喧喧鹳影回。
古渡知圆铁牛梦，季陵何故不重来。

雨后扎鲁特草原

毡房碧草拥莲台，雨洒琼瑶晴日开。
羊扯白云一片片，歌从远古淌过来。

朱日和草原赛马会

套杆指处一轮圆，骏马嘶风如箭穿。
玉宇踢翻丹釜液，红鬃绿浪碧云天。

题绥阳空心面

信诚全靠手来抻，柔韧是情情是金。
处事当如绥邑面，身长几丈也虚心。

永济栲栳镇正阳村印象

葡萄小院淡香飘，户户朱门楼宇高。
土里刨食成昨日，一盘抻面路千条。

春访雁丘

石上雁泥痕尚留，孤禽情愫泪难收，
南环桥畔梨花雨，点滴都从心底流。

玉渡山草坪

高山牧甸抱湖宁，云里草涵牛粪青。
撑帐欲收蓬岛气，穿堂飞过绿蜻蜓。

兰州观押面表演

雪白柔团手里分，扁圆随意望中匀。
人间诸事成条理，除却从容需用神。

平乡过破釜沉舟处

战例由来说弃舟，坑降终古不王侯。
只因一役血光重，漳水直今犹断流。

过破釜沉舟处有感作壁上观

拼将孤军对暴秦，沉舟非是太天真。
劝君莫问结盟事，壁上原来亡国人。

春访京东湿地

长堤人影杂莺声，汀畔芦芽出水菁。
蛙鼓不因鸥翅乱，频敲柳浪报清明。

步和守仁兄《雪日约饮》

管你寒云裁不裁，逢闲必饮未须猜。
把门黄狗知咱意，无酒无诗休进来。

过景阳冈

过岗还需大碗开，山中无虎俺明白。
装怂不是山东汉，小二给爷拿酒来，

蜗　牛

量身裁定探能蜷，食宿无忧且自便。
只为由来成拖累，一生跬步即方圆。

题临武鸭

每闻美味便开颜，紫鸭声名非一般。
本是瑶池水边雁，长栖临武不思还。

访南禅寺少帅室

风雨由来起一经，小楼几度蜡灯明。
苔衣千匝香樟老，树上枪痕未抹平。

云阳山汲秀园步和周毅刚先生

不向尘嚣觅大观，镜中花月好谁看，
但凭仙岫出云外，漫把银筝细细弹。

访李东阳故乡

诗向西滗寻故乡，竹枝翻唱起东阳。
吟坛兀立茶陵派，味愈清新韵愈长。

茶陵洣江书院

书院灯光照月明，一门樟影曳风清。
文元百二临江立，长听诗声共水声。

题攸县麻鸭

久闻营养独些微，况是珍馐香不肥。
鸭到洣江能激浪，有它日子便腾飞。

题攸县石山书院

水映文光阁映空，廊回午课散疏钟。
诗词闪耀石边路，扑面宜人松竹风。

攸县诗词演唱晚会诗友现场榜书县委书记绝句有记

舞伴欢歌乐伴图，掌声飞入管弦无。
催诗欣有及时雨，绝句还看大笔书。

谒东方先生石像

文臣辅国问何艰，智者能无擅绕弯。
休道兴亡谈笑事，几多血泪印斑斑。

咏习总书记亲植榕树

伞冠阴阴树向阳，沐风沐雨气凌霜。
欣看秀干澄天露，撑起神州作栋梁。

初到涿鹿印象

车过燕关秋便凉，石坊初报抵龙乡。
老槐古道三祖殿，诗到矾山知脉长。

盆　景

入诗入画本天真，曾是青山楚楚身。
身价高时命便贱，非关风雨只关人。

拖　地

九秩萱堂室地乖，无尘知是少人来。
将行但望明如昨，和泪从新拖一回。

立　秋

溽热侵衣暑未消，鸣蝉声里暮云高。
老槐已觉霜期近，犹挂春旗到树梢。

访攸县灵龟庵

坐依洣水静思南，高挂云霞澄露甘。
影枕江流回日月，几声清磬渡伽蓝。

题攸县酒仙湖

远鹭凌波抚翠峦。平湖无雨自生烟。
多情湘女长守望，栗影酒旗回客船。

酒仙湖豆腐坊

小店临矶好驻船，林蹊径直到茶田。
云中采得玲珑叶，入味清新好佐筵。

读张栋先生故友重逢诗

重逢故友自承欢，雪为情真亦忘年。
好句由来似无意，一吟足以震诗坛。

缅怀毕亚弟先生

配画求书尚带温，突来噩耗不堪闻。
相逢含笑老京客，折扇一摇一念君。

秋访曲江

长桥短榭静相怜，柳岸孤舟钓影单。
径向旗亭寻画壁，一人独得一池烟。

上杭谒同心塑像

东南风雨递相侵，物竞鱼龙说古今。
倾尽韶华报家国，千秋日月照同心。

遂昌大柘镇劝农春社

坛满旗幡人满坪，车流犹向古樟行。
老天知为新茶雨，来和班春社鼓声。

遂昌茶山三咏

(一)

山园雨过景宜人，雀舌尖尖翠且匀。
掐得一芽夹册页，浙东春气入囊新。

(二)

雨后川原碧笼纱，正逢村市粜新茶。
山歌报得彩云手，雀舌翠烟堪织霞。

(三)

含烟带露入云深，葱翠遥扶红袖襟。
撷得丹丛芽上梦，清香一袭到春心。

雨后南尖岩

山生清气水生灵，已出尘埃步未停。
心似镜明犹待雨，云浮脚下数峰青。

题冲虚葛洪塑像

百草包容万户方，灵山虚静自生凉。
云中丹液眼前药，尽在神仙袖里藏。

过梅园别梦处

梅云淡抹桂阴平，疏影横斜暗香生.
斯是韶华恰宜梦,，何人不起遇仙情。

秋访云蒙山遇雨夜宿后山铺偶拾二首

（一）

雾失云山景不收，村回石路稼禾稠。
杂花巷口丝瓜雨，麻将声中后埔秋。

（二）

双休难觅雨中闲，烤串农家自笼烟。
紫豆青瓜黄菊蕾，余杯狼藉坐看山。

矮寨公路大桥二章

（一）

凿破白云谁问天，回肠山路印斑斑。
钢桥连锁飞痴梦，百转艰辛一笔删。

（二）

钢桥飞渡白云间，尽拂回肠百转难。
曲直原来终一是，痴情皆为赤绳牵。

题开路先锋铜像

去路不平何问天，赤绳全靠手中牵。
捋平曲直凭飞渡，凿石精神云可穿。

谒武威文庙

殿堂肃穆暑风清，七十二榜标石亭。
边镇几番风逐雨，最知传续是文明。

凉州词

漠南盛夏气如秋，马上催征事已休。
久慕葡萄诗酒好，琵琶一拍到凉州。

张掖平山湖丹霞地貌二咏

(一)

霞染平湖景胜秋，羊群点点画中游。
谁将朱墨泼青彩，再撒珍珠在上头。

(二)

苍烟无奈大漠风，蚀出丹霞景不穷。
慢道高原无颜色，一团烈火在胸中。

过临泽

皋兰山接抚夷城，何故征尘频且仍？
千里悲歌临泽路，西行十步有亡灵。

鸣沙山

斜晖一列影如歌，似水沙丘镜未磨。

瀚海行舟不须棹，天蓝云白紫铃驼。

月牙泉

嫦娥不老故乡魂，巧割瑶台下碧轮。

瀚海欲埋神女迹，一弯新月破尘痕。

过阳关

古道西风大漠烟，长征何计节旄残。

游人无忘当年事，每指沉沙说铁鞍。

咏祁连玉夜光杯（新韵）

温润千秋凝欲滴，祁连神话宝光卮。

并非未到倾情处，马上剑匣传酒时。

吐鲁番葡萄沟

雪是乳汁沙是根，人间有爱自生春。
葡萄沟里坎儿井，裁得天山片片云。

过火焰山望天山雪

无情岂有枉幡头，点滴恒牵劫后忧。
野失片云山欲烬，却听地下响清流。

克拉峻草原

野甸连峰碧似毡，蜿蜒一路入云端。
牧群流影草流韵，随韵翻成锦上弦。

雨中在哈布哈兹老爹毡房做客

油茶酸奶蜜蘸馕，炉焚牛粪火弥香。
一曲年轻哈萨克，诗声和韵醉毡房。

喀纳斯山林秋色

霜染西风惊几株，彤云红到枕边无。
山鸡不扰天边月，林海沉沉晓梦初。

秋到月亮湾

出水方知云脚低，紫封丘壑现虹霓。
开心一钥清如碧，点破秋山万古迷。

卧龙湾

到处橙林接碧湾，画中颜色欲调难。
未提伯虎朱砂笔，碰洒秋香彩墨盘。

神仙湾

洪荒曾扰几时眠，一枕松云绿到天。
扳倒瑶池寻绮梦，游人过处即神仙。

喀纳禾木河

莫道栋梁无处寻，当知热血在山林。
绿到峰头红到岸，一湾碧水是诗心。

禾木晨烟

晓风吹雾漫轻纱，散落炊烟数十家。
一抹红霞柔似带，便牵紫梦到天涯。

山坡羊

牧杖勿惊山外原，白云脉脉草萱萱。
天书读破情难尽，吻热斜阳若有言。

天山主峰

清高自执玉乾坤，不向西风说剑魂。
漫抚星云分冷暖，闲来论道约昆仑。

疏花吟二章

　　平谷桃花节人满为患，寻僻径入桃林深处，欲览繁花。然而，入眼却是瘦枝疏朗，落红遍地。远处一村姑正缘枝弄花，红雨纷纷，同行皆讶然。近询方知，桃欲求丰产，须于花季及时疏花，以葆叶茂果硕。恍然遂成二韵以记之。

（一）

谁拈红雨落纷纷，着意轻疏枝上云。
芳信知时应有报，耽花不是爱花人。

（二）

圈圈点点任疏狂，取舍心中有主张。
一夜落红翻作雨，万千心曲已成章。

桃花坞诗会即兴

春满清溪花满畴，东风吹过小桥头。
为闻山坞诗人会，十万夭桃欲上楼。

采莲蓬

菏生芦荡韵流丹，七十渔翁小舣船，
从向蓬间觅童梦，长篙直把月撑弯。

平谷鱼子山摘大棚草莓

谁舒妙手网春风，鱼子山庄看大棚。
莫道隆冬少颜色，诗笺尽染草莓红。

乡 路

山路弯弯树影长，雪花新没板桥霜。
大年三十疏离畔，添得笛声三两行。

看葫芦话瓢九章

（一）

有为与否在虚心，质朴何嫌市井寻。
但使竹弦常赋我，人间处处奏清音。

（二）

委婉娇小可怜人，襁褓育成前世因。
只为人间多坎坷，早将曲直蜷于身。

（三）

城南朱六几曾迷，枝蔓天真尽剥离。
慢道腹中藏语妙，虚空最是不堪题。

（四）

真到假时假亦真，脆甜须待口中分。
席间让罢孔融后，圆熟酥梨带袖温。

（五）

情逐穿苍鸽翅轻，异株联袂配孪生。
但随妙手能开窍，借得东风作哨鸣。

（六）

窈窕淑女玉亭亭，影出村帷腰脚轻。
暮归南山菊锄罢，坐看孺子放风筝。

（七）

和颜迎送影彬彬，仙子临波柔似云。
悲悯于心风在抱，千秋不倒石榴裙。

（八）

端庄淡雅俏腰身，影出浑圆恬且匀。
愈着风霜色愈厚，千年不腐是天真。

（九）

乾坤在握一声雷，未怒人前气自恢。
体小休轻掌中物，除邪排难力能摧。

中　秋

乡思不待雁书传，短信轻敲到梦边。
心菊方舒千瓣蕊，长空已挂一轮圆。

朗姆酒厂

青山何处酿甘醇，绿蔗丛中别有村。
朗姆携来四时梦，盈樽只为举樽人。

东兴城隔河望越南芒街

明月从来处处同，涛声隔岸霓灯红。
何时划断一江水，吹面难分两国风。

雨中访京族三岛

渔舟几度伴孤灯，百代潮声和泪声。
厢网织成三岛梦，一桨摇得海涛平。

边城军号

每伴朝霞浣晓星，牵衣门启万家程。
和风轻抚小儿梦，尽报平安是此声。

过柳州

过了滩头过岭头，山歌沿着枧河流。
满船小曲不需棹，顺水一竿过柳州。

清晨冒雨访刘三姐山乡致诗友

兄耽睡梦我耽诗，细雨山乡趁晓时。
恐误蚕娘三遍叶，柴门久立笑情痴。

过宜州怀山谷先生

水浣流云谷浣魂，回歌荡韵过山村。
千秋涤梦龙江畔，独照南楼月一轮。

宜州山歌

歌声如水水如银，比往兴来章法匀。
清韵千秋八桂地，原来山谷种诗根。

戊戌清明节祭父兄

且随杏雨过清明，不教伤悲误志行。
已去父兄知佑我，但能成处即能成。

虎山惊梦

　　丹东虎山长城脚下，即有名的"一步跨"中朝边界，丁酉春游，见对岸正铁牛沃野红旗，埋头斗地战天，不惊回首。

隔江一步两重天，宝马风吹公社田。
知是水深知火热，惊回半世忆从前。

登虎山长城题朝鲜春耕边民

斗地知非也战天，铁牛喘气升粗烟。
埋头不问隔江事，一界能分四十年。

遂昌南溪早行

拱桥石磴短芦洲，镜里溪声夹岸楼。
红鲤游云浮钓影，白鹇飞过浣娘头。

访遂昌金矿

群峰含翠白云高，九转昆冈几步摇。
万凿千烧出岩洞，金娃娃着绿罗袍。

访遂昌明代金洞

开时不易望时愁，如缝如廊一洞幽。
百代钻研人未老，为寻金脉更抬头。

访遂昌唐代金窟

人在坚岩夹缝行，不入矿身心不惊。
大王殿里金摇步，应有其间血火声。

过石炼镇淤溪村

班春种在心田上，耕畜不鞭人自忙。
晒席家家堪对日，古樟阴里稻禾香。

忆麻子花咸菜

原本蓖麻味不侵，美馐却与苦相浸。
乡愁最是寒霜后，一碗咸花忆到今。

过东魏天子冢

殿迹峣峣没乱蒿，漫从荒冢认前朝。
几重衣马纷纭事，化作浮尘待雨浇。

望江郎山

蕴致如何格上分，一峰独领浙南云。
生花梦笔才非浅，能出丘山自拔群。

题灵芝系列珍品

回生故事出仙霞，瑶草移来百姓家。
日月盈亏凭滋补，浦城寻问葛洪茶。

春访黄叶村

踏碎桃云兴未阑，孟儿不至有苏珊。
倾樽题醉杏花坞，一指西山付酒钱。

访垂虹桥

桥断舟横江影移，湖亭分韵我来迟。
知情最是江南雨，浸透垂虹石上诗。

过吴江大桥

浅红吹影柳风遥，犁破苍烟一带高。
绝胜风光在江左，垂虹桥又太湖桥。

焦桐赞

"焦桐"作为焦裕禄同志的精神象征，又恰与古之名琴暗合，鼓而颂之。

（一）

涵沙哺绿自峥嵘，涓滴长含叶底情，
读破清贫知韵古，民无疾苦是心声。

（二）

巧合岂非天作名，修身唯念绿云平。
知音本是君家事，每动心弦扬正声。

（三）

不求私利不求功，涓滴黄沙志未穷。
欲烬贫寒犹带火，万千泪雨报焦桐。

乘索道登太白山

飞索欣通太白巅，凌空一跃领三千。
云杉沿路抛红豆，不失相思六十年。

访苟坝会议会址

一剑能挥百万兵，关乎生死不容情。
解悬夜走马灯路，跳出漩涡始远征。

过东齐庆王冢

孤冢荆蒿被四方，峣峣可作探云冈。
几番剥蚀唯余乱，黄土堆前认帝王。

喜读十八大报告有感建设改为建成

小康指日望中宽，早有竹成摇万杆。
大计通篇关百姓，封题一字释千寒。

江村听雨

疏雨江村一带斜，青蓑紫笠雨中槎。
深深小巷石桥静，打叶声中卖杏花。

白杨花絮三咏辘轳体

（一）

本色由来不必夸，心思吐尽是芳华。
且从绝未经心处，寻看连云烂漫花。

（二）

东风着意走天涯，本色由来不必夸。
心绪纵成漫天锦，也无片语说芳华。

（三）

铁干何当疏萃华，曾经风雪意犹赊。
赤心径自吐春絮，本色由来不必夸。

荷　叶

荷叶田田承露新，凝光珠粒落纷纷。
出泥安保一身净，滴水无沾自绝尘。

丁酉腊中红月亮

开怀一刻两心通，顶上尘间相映红。
非是浑圆天有象，几多奇崛出人工。

题绥阳博雅苑

业兴于诗石点金，一堂手稿集星参。
但将心血荐华夏，济世文章耀古今。

柿林遇赶驴老人

秋到柿林红胜花，一驮尽揽岭头霞。
收成已作口中曲，驴背轻颊笑不答。

湄洲岛膜拜二首

（一）

慈眉一叶抚云乖，大爱千秋浪不埋。
帆掛天风行万里，赤绳牵系母亲怀。

（二）

深恩如海岸如床，潮抚湄洲寄梦长。
破浪时悬默娘烛，云帆万里系回塘。

过卧虬堂

高门铁锁碰啷铛。夺得名园便謂王。
天国一干皇帝梦，空留衣帽挂东墙。

苏州博物馆

临石高墙一扇开，名园竹影倚云裁。
出神尽在留白处，水墨清风携韵来。

为扎兰屯纪念馆题诗十章

一、吊　桥

汉迹欧痕厮混同，金绳倒挂识西东。
悬桥依旧飙轮远，通汇八方飞彩虹。

二、历史博物馆

当年足迹几蹉跎，往事如云云是歌。
汗渍未消人世改，声声号子铸山河。

三、中东铁路馆

双赢未必是初衷，山水偏能一脉通。
日月穿梭行不断，飙轮携梦贯西东。

四、伪兴安省会馆

知否塞外又长城，勘界宋辽或可凭。
脉络真伪抹不去，长留痕迹话曾经。

五、乌兰夫纪念馆

几经风雨欲何求，立命生民启壮猷。
奔走东西扶国祚，开疆兴国立潮头。

六、社区博物馆

灯火千家融一炉，个中忧乐笔难书。
书香浸到笑声里，草色遥看近却无。

七、鄂伦春民俗馆

如烟往事亦如歌，走出丛林感慨多。
毕竟时光留不住，漫将神鼓舞蹉跎。

八、达斡尔民俗馆

何时不再借山林，薪火几经风雨侵。
口口相传别有序，直从原始到如今。

九、中东铁路馆

云桥欲渡不需槎，山水相连有火车。
一笛铿锵千里外，东风携梦到天涯。

十、六国饭店旧址馆

小店能容六国风，天涯消息盼归鸿。
偏村聊借半壶酒，一夜乡思几处同。

观四女寺运河水利枢纽

未防汗渍锈斑生，三闸浑疑枉自横。
枢纽从来备风雨，洪螯一日不曾轻。

访磁州窑文化创意园

亭阁峣峣玉甸齐，磁窑千载出云泥。
移山气概凭参化，韵满名园诗待题。

徐州峰会即兴

三皇文字序相钦，一脉澄明衍古今。
盛世通规期鹤寿，神州兴汇语同音。

访戏马台

拔山气概啸云空，成破非关戏马功。
真性情能空霸业，千秋谁敢比英雄。

敬挽李锐老

是雾是云还是风，侵衣雪雨不朦胧。
多情伤客亦伤己，一梦百年当认同。

过金山寺

大江依旧涤浮尘，水漫金山事有因。
法海只知清戒律，未防天护笃情人。

雨中访雁荡山

云烟生处数峰青。新绿和当雷石烹。
连日山中杜娟雨，瀑声十里远来迎。

大龙湫

韶光和伴骄龙探，铁壁云雷砰碧潭。
出锻青霜寒焠火，银麟一泻涧生蓝。

中折瀑

倩谁怒撒月宫奁，珠玉纷纭断不帘。
我到潭边敞怀抱，乾坤净气一身沾。

傍晚访情侣峰

细语和当嘱几重，唇温不散耳边风。
游云最晓离人意，轻缦深围情侣峰。

清明节前拜谒明城墙遗址外袁崇焕墓

残垣老树立斜阳，孤墓孤楼对影伤。
谁信长城能自毁，文盲不是是愚氓。

东便门角楼明城墙遐思

孤影难弥四角空，鼎新城阙了无踪？
老梅不解东风意，墙角依然绽旧红。

登东便门角楼明城墙于城上茶社小憩

城头聊借一杯闲，新厦难寻旧阙颜。
无奈今朝成昨日，此情备否后人删。

盐城道上

欲醉方知秀可餐，村花香浸玉栏杆。
连云油菜黄如洗，夺目更从晴日看。

韶院村观孔子闻韶碑

旧碑欲锁石如初，可惜气场难抹糊。
传说本来能佐证，画蛇偏要费功夫。

癸巳春分雪后偶得

昨夜一场大雪形成树挂，朝来玉树抛晴。

一夜鹅毛漫林杪，拥裘春树静如雕。
晓晴暖透玉人梦，争把绣球沿路抛。

谒东阿旧县乡霸王陵

一剑横空力拔山，英雄无计愧红颜。
东风莫诉亡秦事，成败皆从天地间。

过斑鸠店访程咬金祠

井台依旧庙碑残，石畔孑然房一间。
老妪深谙鲁公事，指说此地是家山。

过黄河访鱼山

浮桥几渡大河弯，百里长堤作画看。
自古诗书成一脉，涛声携韵上鱼山。

谒曹植墓

石岫回流一带缠，痴情长系旧山川。
雕龙故事建安骨，力绾长河千百年。

登狮子楼

千秋故事说修身，善恶终教后世论。
古郡名楼存浩气，英雄一怒斗西门。

谒蚩尤陵

神州故事续无涯，烈士岂询何处家。
一袭英魂延万代，陵前盛绽碧桃花。

过将军渡

门板连成百叶舟，不教天堑作鸿沟。
力排血火成横渡，一卷残云万里流。

游阳谷万亩樱桃园

三月乡村晴气舒，樱桃开处看仙姝。
香侵绿鬓风先醉，花袭霓裳人待扶。

春 播

铁牛身后逐阿黄，村嫂襟边春垄长。
一部天书读不破，年年都有好文章。

金陵渡与同乡张祜塑像合影

渔火星星远小楼，乡关万里几曾游。
牵衣却在千年后，一样江烟两样愁。

温泉浴随感

倩影低回咫尺邻，一池同浴有分神。
倘能得脱丝无挂，方是人间自在身。

题虞姬园

英雄何虑霸图空，情笃终教气若虹。
一役岂能言胜败，饮芒只为过江东。

访箫县淮海战役前敌会址

榴花小院踞高台，前敌计谋今道开。
以众围单何惧败，统筹运动是天才。

灵璧县农业园

序排四季一棚收，王母来寻簪凤头。
南北奇葩集盛宴，谁引瑶池到宿州。

初到茅台镇

赤水高崖红米新。盈阶仙露欲沾唇。
黔民争说茅台事，不待开瓶已醉人。

访茅台酒厂戏题

出厂无须验酒精，司机管保限通行。
窖香已到秋风里，不信身心不染醒。

访苟坝会议会址

一剑能挥百万兵，关乎生死不容情。
解悬夜走马灯路，跳出漩涡始远征。

北京诗词学会迁址抒怀

金台早发帝都吟，蓟北宣南著士林。
何事无辞几千载，诗心原本是初心。

诗词学会迁址感怀步和增山会长

都门书剑意犹殷，化外艰难迎即纷。
莫教前人哭来者，燕台重塑待诸君。

连翘花

篷间滋味雪中酿，报得春前一缕香。
尘世不知丛草意，总将执著作寻常。

贺《荷塘新月》付梓兼寄王玉明院士

教授文章院士吟，情从水木是知音。
风生百代荷塘月，咏到清华意自深。

骑马过亓连关

关头何领塞云闲，人到悬崖勒马难。
绝壁西风石盘道，一干冷汗上吟鞭。

过青龙峡

石上苔衣侵枣藜，堞楼势与白云齐。
吟鞭自趁秋山早，斜月清风散马蹄。

游平遥古城

游人摩踵货琳琅，门巷勾连旧铺房。
收账方出旧票号，人呼县令要升堂。

初到大槐树二首

（一）

大槐树下叫停车，指说洪桐是老家。
牵梦情缘何处有，青砖宅畔石榴花。

（二）

先宗何故别洪洞，纠葛盘根问几重。
压树轻吻石榴嘴，伏身尽沐老槐风。

访王家大院

庭院森森进几层，农商门户费经营。
齐家休要夸经国，不值分文岂敢评。

咏大寨古柳

曾报虎山曾报溪，偏无消息到疏枝。
担中风雨锄头月，哪个非她叶底诗。

大寨印象

处处层楼接碧田，风云岁月自当先。
山川未老人依旧，虎岭松溪信有缘。

张掖平山湖丹霞地貌四咏

(一)

霞染平湖景胜秋，羊群点点画中游。
谁将朱墨泼青彩，又撒珍珠在上头。

(二)

人到平山神亦迷，玉接珠连胜瑶池。
欲从幻处寻仙草，偏把珊瑚采几枝。

(三)

赤胆难从土里埋，千秋功过待风裁。
征尘未掩匈奴血，铁壁铜墙列阵来。

(四)

苍烟无奈大漠风，蚀出丹霞景不穷。
慢道高原无颜色，一团烈火在胸中。

二月二十一日赴洛阳高铁上独酌

在途从未道艰辛，铎洗寂寥诗洗尘。
杯底邯郸半轮月，果然对影成三人。

己亥二月二十一隋唐遗址园访洛阳牡丹

久慕无如一见乖，从来河洛恋人才。
知时方是真富贵，不到清明花不开。

谒漂母祠二首

（一）

谁持慈爱小乾坤，自是书生大义门。
庄户寻常舍一饭，便言漂母识王孙。

（二）

知恩岂敢忘饥瓢，山野春温夙紫袍。
故事无言行万里，千峰难竞一丘高。

秋　望

蓬山一去无消息，短信错呼嗔自知。
车过城西石桥畔，手机应是响铃时。

扬州道上

江声遥枕小山楼，竹影婆娑桂影稠。
梦里千秋广陵渡，诗如明月月如钩。

邗江冬晓

邗江十里晓风清，望月几番明广陵？
琴韵泠泠桂亭早，竹林风过落诗声。

杭集印象

不分城镇不分村，勤奋敲开幸福门。
杭集家家皆二马，牙刷托起小乾坤。

秋访莫愁湖

故事何来梦已成，应怜小院夜灯明。
多情边塞千秋月，独照荷塘一磬清。

游嘉兴南湖

小临老店品新芽，烟雨楼前喜泛槎。
一片红霞蓬岛外，随波散作满湖花。

乘船夜游古运河

华灯初上玉栏杆，波漾平湖月一弯。
画舫摇过运河埠，诗心顿觉到江南。

船过伍员庙

千秋风雨落平冈，凌云宝塔水中央。
湖心亭外伍员庙，犹指波光说剑光。

咏南湖红船

云水襟怀照不宣，枕流且为渡尘寰。
痴情长共天边月，直挂心钩到日圆。

再咏红船三首用小轱辘体

（一）

无边春色漫汀州，歌舞联翩未肯收。
几度风云开盛世，天教画舫渡神州。

（二）

波漾赤诚知几秋？天教画舫渡神州。
杜鹃啼成玫瑰雨，一棹劲催东去流。

（三）

天教画舫渡神州，每按狂涛挽激流。
闻道金融起危浪，遥呈弦月挂心钩。

春游上溪十里桃花坞三首

（一）

高低远近画难同，淡抹桃云日渐红。
最爱枝头初绽蕾，诗思尽在有无中。

（二）

欲撷春山云未开，应怜远客慕名来。
桃花最是知人意，早把东风孕满怀。

（三）

倩谁诗国拈花客，来采江南三月风。
小蕾未开君莫怨，情从欲吐却含中。

桃花坞诗会即兴

春满清溪花满畴，东风吹过小桥头。
为闻山坞诗人会，十万夭桃欲上楼。

萧皇岩下赏桃

春山一任黛云横，漫抚枝头小蕾萌。
花外东风花底意，悄悄诉与白云听。

春访义乌八面厅

画栋何须廿载工，情思尽在不言中。
苦心应慰千秋业，小院犹迎八面风。

访吴晗故居

纷纭世事过如烟，风雨情怀忆大贤。
每吊故居悲国士，还依教授说清官。

访吴棋记古民居

美人约我小桥东，情到真时淡亦浓。
处处木雕说古镇，经年故事漾和风。

春游西子湖

纤纤鹅绿淡中浮，燕尾尘埃半点无。
怕见西湖三月柳，总教游客醉如酥。

赴洛阳高铁上

在途从未道艰辛，铎洗寂寥诗洗尘。
杯底邯郸半轮月，果然对影成三人。

夜宿临高碧桂园

夜抚层楼晓梦轻，星摇椰绿逐潮平，
每从大海抒怀抱，直把心声作浪声。

儋州千年盐池

谁将花韵撒银滩，澄露睡荷盘复盘。
炼石能淘海中味，天涯故事印斑斑。

临高角咏四野将士

已将心志付刀环，跃马神州何问艰。
旗卷征帆自天降，海门一柱笑安澜。

咏王佐祠堂门前老樟树

凌云老树立悠悠，枝曳清风铁干遒。
一自东坡北来后，诗根连脉到儋州。

题渠县中学

诗馆嘤鸣俗不侵，古榕冠下有清阴，
文峰文庙佑文脉，名句千秋读到今。

题渠县税务诗社

雨前几点雨后匀，赋里有情诗便新。
忠勇积分能抵税，始宗千载说赛人。

访渠县法院诗社

诗从含蓄水从清，道法自然乃准绳。
权到案边留一问，宜伦宜理便宜情。

清　莲

亭亭袅袅气幽深，玉女瑶池邪不侵。
万绿丛中红一点，无沾滴水是初心。

淑阳美传

漫扶红藕说香河。风景宜人不在多。
王二奶奶萧太后，淑阳清气两婆婆。

悼念中华诗词常青树霍松林先生

百年韵树任风摇，深荫婆娑铁干高。
凝脂耗将晓寒尽，犹携时令唤春潮。

悼念阎肃老先生

丹心化雨润苍生，词壮山河杖剑行，
鹤背祥云成佛路，僧徒作伴又西征。

五律

过扬州谒史公祠

秋到梅花岭，疏枝抱石空。
花迟无弱骨，寒重有孤忠。
一束英雄气，几番烟雨浓。
风抟劫后血，点点广陵红。

德夯苗寨

织机留岁月，春水诉艰辛。
岩仔刀尖路，德夯坪上春。
鼓圆回韵古，犁短拓香醇。
坐看群峰秀，苗衣染未匀。

洣江寻百梅诗

为寻驴背句，几度到梅边。
诗漾斑斓韵，情追鹦鹉船。
石山几更递，文脉自缠绵。
细雨江村里，秋风忆旧年。

咏渌江夜话

晚清大儒陶澍返里，因一联结缘渌江书院，同左宗棠彻夜长谈，遂成忘年交。

波动樟风远，鹤鸣文宿还。
舟停巡院古，夜静会书贤。
解对能生慕，知音自忘年。
忠臣信有种，传语月轮偏。

壶口瀑布

久蓄补天梦，来疏浩荡情。
尽砰未了势，贯作不平鸣。
一醉熔今古，半壶量浊清。
千秋丈夫气，每在此间萌。

乌拉草堂

何必思名榭，能吟风自清。
荷从水中秀，蒲在岸边生。
有酒月同赏，无琴蛙共鸣。
草堂堪煮韵，四季好闻莺。

朝绵山大罗宫

何处散疏钟，危楼知几重。
天街缘古栈，绝壁挂云松。
浴目千寻远，分身一步穷。
层岚跌宕里。人出世尘中。

镇北堡

古堡何岑寂，西风几度残。
孤灯慈母泪，断磨女儿叹。
谁把心头结，翻成屏上弦。
许多老故事，都付贺兰山。

沙坡头羊皮筏工

雨风单棹释，生命两肩扛。
皮筏荡童梦，花儿唱夕阳。
桨摇岁月远，心逐浪涛长。
华夏千秋史，撑开诗一行。

夏津黄河故道为母摘八百年桑葚感怀

虬干如娘抱，牵枝有暖流。

沙涵珠粒紫，海蕴淡香幽。

踮足叶间意，投怀故里愁。

奉慈尝几颗，一润到心头。

新年感怀

正慰开篇语，遽惊沪上僝。

荣枯本同道，新旧不因年。

洪泻凭疏导，乾坤赖转旋。

应怜驭云势，安定在当前。

艇游溢泉湖

磁窑接玉泉，妙手抚云弦。

已得泥中味，又抟水上烟。

开怀风在抱，拾句浪推船。

黑白宁心志，乐行天下先。

醴陵五彩书屋题壁

兰秀凭添雅，文多自酿春。
开篇会星斗，入境揽风云。
三页诗生慧，一杯茶洗心。
临厅须静语，此有读书人。

游渠县赟园

渠江细雨岸，一路說赟人。
忠直雄成汉，精诚焕平秦。
生虹四桥阔，排闼八蒙新。
连阙文脉远，民风抱酒醇。

初　春

节令非由客，花开一夜间。
草从遥处润，晴自湿时还。
衣热街头女，茶香忙里闲。
催诗红杏语，宜酿不宜删。

春访京东湿地

残冰点芦梦，归鸟戏春渊。

轻析柳林晕，淡扶农舍烟。

微云地不湿，细雨树皆偏。

最爱疏篱畔，桃枝红半边。

老　宅

初二回乡，小抚老宅，见枣影婆娑，尘网无声，好不感慨。

羁路珮鸣远，池塘照影清。

诗书传铎韵，榆枣乐秋声。

摇曳老柯意，呢喃归燕情。

乡醪饮未尽，芦笛又催征。

秋訪賈島峪記行

　　四年间，余曾三访云居寺、韩村河、云盖寺寻贾岛故里，但因时人不知贾岛何人者众，偶有知者亦不知其所居者何，终未得见。偶有的车司机询其父得知，距房山二十余里山村者曰贾岛峪，疑为贾公故里。今秋，士海兄告知，已得确址，遂于农历八月二十八日，偕钱教授志熙、申会长士海二兄，得房山诗协冯君少邦、李君瑞祥二兄引导同访贾岛峪。一路黄花匝地，古道坎坷，至巨崖山口，指顾偏峪已遥遥在望，却又因地处京西煤矿防陷区，时已过午，山险林密，路远石滑而为护山人劝阻，半路而返。不竟余怀，遂成一律。

　　　　贾岛知何处，山门今始开。
　　　　偏村因矿殁，古道为诗裁。
　　　　石驮推敲去，杖扶平仄来。
　　　　黄花不言瘦，犹自抱苍苔。

　　贾公故里数访不值，于怀耿耿，丁酉九月三日，偕立夫、新河二兄再访，终如愿以偿。深山红叶，高峪淡云，沿石径、访偏村、寻古寺，步入"独行潭底影，数息树边身"之境界，咏诗思人，流连忘返，遂以"移云根"分韵，庚次移字五律一首。

　　　　临溪三兩户，道是故人篱。
　　　　苔滑潭犹映，诗存树已移。
　　　　寻声影独立，解意泪双垂。
　　　　石径秋紅远，家山归未迟。

星夜自西安之商洛

车过板桥驿，情回洛水头。
新村失茅店，斜月隐层楼。
灯直群峰渺，衢通数隧幽。
景迁时亦进，绝句待重讴。

题永兴银楼

聚宝由来远，一楼衔誉生。
飞檐拱云合，画栋出尘清。
室雅何须大，才高不在名。
银池涵晴露，如见醉翁亭。

初到唐布拉

翠峰衔白雪，知是到伊犁。
川野柔如缎，烟霞碧似缇。
牧群时入画，毡帐每临溪。
绮梦随云远，泉声散马蹄。

机场遐想

大鸟何温驯，卓然知惠群。
有承追日月，无悔触风云。
羽梦托双翼，安危系一身。
扶摇汇同德，戮力报乾坤。

谒虞姬墓园

何处可相亲，千秋虞美人。
疏狂凭笑傲，慷慨抱天真。
生则扶鼎鼐，死犹惊鬼神。
一挥辞陔下，无愧女儿身。

再上古崖居

崖上有民迹，缘何没乱荆？
断溪侵羽杳，层穴抚尘轻。
片石无完卵，弹丸难再生。
秋风曾几度，吹散马蹄声。

谒千寿岭八百年老榆树

人在白云外，欣逢寿木青。
深山霜驿路，斜月酒旗亭。
无意询千古，有心分渭泾。
但将赤子梦，诉与老榆听。

夜宿云湖源博园二首

（一）

车驻斜阳暮，人回蓬岛中。
层楼浮影淡，长榭曳形空。
应许波摇月，会当梦抚风。
几声蛙鼓远，一夜客灯红。

（二）

夕阳偕友至，一水绕楼新。
波静楚天远，岫高王气存。
闲亭空待月，悬榻喜留宾。
行到竹篱畔，湖灯犹照人。

贺伯农先生八十大寿及文集出版步欣淼会长韵

秋来数文藻，鸿雁满回堂。

依旧九如笔，曾怀百转肠。

长安有泾渭，老剑敛锋芒。

天下本无事，一杯舒慨慷。

宿州夜宴适尝港客远来霸王荔枝

为寻原上句，结队到徐南。

城证荣枯事，诗從蕴藉谈。

传杯已过九，祝福未离三。

更是飞来荔，凭增徽酒甘。

金骏眉

小种堂前月，大王岩上云，

三春蕴清爽，一盏化氤氲。

泉出芽间紫，情从杯底殷。

未曾参陆羽，花雨已纷纷。

镜　子

一路磨风雨，菱花逐月残。
晴生耳畔暖，红退桂边寒。
气补诗书厚，韵和天地宽。
欲寻真面目，还向此中看。

次韵以回元社诗邀

疏阴斜日里，鸟语和蝉鸣。
雅集邀真意，焦琴自尽情。
有丝朝锦织，无泪向樽倾。
余韵知深浅，引亢扬正声。

题冰雪诗苑丁酉乌兰布统草原会

身被彩霞来，十三营布开。
声巡八旗烈，律振九宫回。
玉甸埋王气，飞花传令台。
山川何烂漫，风韵一鞭裁。

九一八感怀

年年国耻祭，回首恨犹重。
青史翻尘痛，旌旗带血红。
贫寒悲志短，散漫恨人穷。
莫教英雄骨，空敲今日钟。

咏2017沙场阅兵式

大漠欣盘马，沙场秋点兵。
翼张战云退，阵列虎威生。
出则成霜剑，收将筑铁城。
天人同一啸，四海浪涛平。

贺山西诗词学会三十华诞

卅载澄甘露，一朝嘤合鸣。
神能扼壶口，势可拓流平。
新旧本同路，古今期共荣。
长吟泉不老，融汇作潮声。

贺瑞安诗联学会三十华诞

东浙钟灵秀，瑞安名士多。

云承陈氏句，月和蔡侯歌。

光北总怀瑾，图南每枕戈。

文华蓄长势，融汇自扬波。

磁县调研入住溢泉湖度假村

学步巡诗国，今来正麦收。

筵排赵王味，句集景嵩楼。

相见亲如昨，临湖清胜秋。

名窑酒必老，一饮到磁州。

咏四君子黄花梨方桌

国器陈家什，梅兰松竹情。

年轮流日月，工艺蓄明清。

款自旧时简，妙从无处生。

方圆就肌理，榫卯著天成。

第一界碑兴叹

地从零处起，海到此时平。
红树林边路，北仑河口亭。
一鱼双网过，三岛数鸥轻。
碑石划难断，从来手足情。

赏罗小玲女史书法

湖湘多玉树，最美曳风枝。
笔重雨来势，意凝云起时。
长怀炙手热，犹恨会神迟。
镇日梦倜傥，窈窕见丽姿。

十万大山石头河探源

高峡绿成堆，白云生远隈。
缘溪参鸟道，一路踏轻雷。
对弈千秋石，询源太古媒。
珠江万里梦，几共涧声回。

春游百泉山

灵岩形可掬，立掌欲扪天。

疏雨藕花渡，淡云桃叶船。

泉声清若诉，涧石静如眠。

远岫浮关影，东风年复年。

春谒轩辕台

村丈开轩庙，怜余三叩门。

重拈太白句，来证帝陵春。

雨湿黄钟古，云浮紫石新。

东风无限意，陌上柳梢匀。

访雾灵山青草顶

久闻雾灵山有一山顶古村落高居云外，可拾远塞听松涛浑若仙境，今偕友驱车前往，却见断壁残垣、荒草埋径，村人不知去向，余大惑不解。

远寻青草顶，径草已齐肩。

鸡舍空尘外，松涛仍石边。

人追闹市好，山抱白云闲。

千古纷纭事，皆从得失间。

访密云遥桥峪古堡二章

长城脚下，完存一座明代石城古堡。

（一）

出马一门直，挥镰四望宽。
堞从云里固，营守石中寒。
几度惊吹角，何时能解鞍。
每思风雨骤，犹自定如磐。

（二）

墙上能驰马，威严到旧营。
人家多姓戚，故事不离兵。
绿蔓依云合，山花伴石生。
边声屡有扰，朝夕望长城。

再访枫挢夜泊处

孤舟细雨岸，三两店家闲。
古刹半墙紫，秋枫一叶丹。
诗从愁里过，客在静中看。
只为钟声远，浑无问石寒。

九日登高

登高每索句，一次一更新。
归雁无留意，黄花犹照人。
仓从今日满，书到此时贫。
唯有篱边路，更朝幽处伸。

咏板桥竹

非是不知劳，龙荪性本豪。
泥香化辛苦，修干蕴清高。
出土便持节，到天仍素袍。
虚心叶常绿，正直自陶陶。

从冬访黍谷山说起

　　据山海经载，邹衍吹律成语出自燕山黍谷山。顺义不惜几亿元于黍谷山口打造浅山步道，偏不涉邹衍吹律这一主题；密云一老板，投资上千万建黍谷山禅林，偏无邹子祠庙，是以不知，山下的邹衍子孙也不知。不知者不怪，亦无国学之哀。乙未秋偕申士海君再访，诗以记之。

闻说回律地，日暮客询碑。
荒犬松林寺，苍苔古月帷。
空山未为怪，忘祖自生悲。
遥指浅山道，不知邹衍谁。

过青龙峡

解鞍松石畔，漫抚汉家琴。

峰动云在抱，风生情湿襟。

弦从天外响，韵向水边侵。

一曲弹无尽，悠悠动古今。

惠州谒朝云墓

东坡逢玉女，海角乐同途。

野菜入肠暖，时宜回望舒。

梅羞一香浅，月失半轮无。

长有朝云伴，孤山道不孤。

坡头镇夏夜有记

　　丙申初夏，赴云南镇雄县坡头镇考察，因山路险远夜宿镇上。这里是赤水河源头，也是红军长征四渡赤水时的鸡鸣三省处，但至今仍然是全国贫困县，目前正是脱贫攻坚阶段。傍晚，镇党委副书记王军同志引我们街头散步，群山环抱中楼舍丛立，街道尚未铺柏油，直通小镇唯一一块广场。叫广场其实就是一块不大的平地，石板和甬道已铺好，由于资金不足，尚未立街灯，却早有人们聚此娱乐，多是妇女和儿童。书记说，男人都外出打工了。夜空中繁星点点，与四面楼舍的灯光遥相辉映，一弯初月挂在不远处峰头，幽静中略带凄凉。小镇很美，但怎么也高兴不起来，回到客栈即成小诗。

何处闻街舞，乡场自带灯。
山形拱初月，农舍亮孤扃。
犬吠夜尤静，客來村愈宁。
楼前兩三女，携子数星星。

过清河茶堂村

孤台照野亭，径直麦青青。
路石犹留客，清阴曾抚庭。
茶凉井还在，人去话无停。
旭日说匡胤，春风相与听。

春访来禽馆

士子千寻地，今来半日程。
名园少俗扰，古木有禽鸣。
才大味知厚，书多廉自生。
清风不辞远，墨韵共乡情。

题兴仁县薏米深加工集团

一条流水线，宛如案头琴。
总把三农梦，翻成万户吟。
德分红利广，情播绿云深。
且看长弦上，铮铮数点金。

永济电机厂

铜丝结神力，高铁骋东风。
马达推云远，电流调速工。
友谊凭心动，和谐促脉通。
欲穷千里路，还望此门中。

云南镇雄县坡头镇赤水河源头鸡鸣三界处

两涧分三省，群山汇一流。
曾经思若定，故事说从头。
险自重围去，功凭四渡收。
鸡鸣开万户，名胜立千秋。

过道口运河古镇

驱車巡古镇，一路说隋炀。
灯夜楊同柳，桨声客亦商。
帆思平野远，岸忆纤号长。
欲問明朝事。轻舟下汴梁。

诗坛创刊五周年致贺

欲说诗坛事，繁华无落英。
海退原同进，风来雨共鸣，
明湖倚河岳，柳浪抚泉声。

访中韩边境一步跨景区

来访虎山北，白鸥过界迎。
渡江歌未歇，遗骸正归程。
是血浓于水，非亲寒若冰。
千秋割不断，一步跨中情。

4月14日游雾灵水库

坡皴梨白后，春始入山中。
石净空如洗，水深云起虹。
苔衣昨夜月，绿晕去年松。
挂壁摇枯处，小桃初放红。

题西山谷雨雅集

花看清明后，新红襄旧林。
回春循序发，守正避霾侵，
执着衍于古，从容写尔今。
相逢都是客，吟啸在清音。

山东诗词四代会即兴

好花兴四季，知序最宜人。
吟苑星云会，泉城景气新。
文从一圣古，韵步二安敦。
诗是吾家事，当兴正遇春。

登三峡之巅望长江

自打云中起，尤从峡上过。
纵横无隔阻，奔泻未蹉跎。
一任人事改，几经风雨磨。
悲欢共甘苦，留与峡门多。

过瞿塘峡

涓涓穿岁月，高峡塑夔尊。
划地天成线，扪星诗荡魂。
轻舟开寂寞，啼狄失晨昏。
守诺江如注，携雷下海门。

钓鱼城品茶

品茶说护国，城上雨霏霏。
充耳心如洗，入眸神欲飞。
精忠当有继，山水莫相违。
侍茗释延忤，人言是海归。

西山森林公园偶见某坠机残骸

非为清明祭，偏教谷雨看。
风来一剑挺，雷过几人残。
坎坷宁无迹，淋漓或可瞒。
独孤封未索，容与后人删。

承德磬锤峰

临渊峰能立，扪星磬独鸣。
天师权在握，御马辔同生。
性直疏云白，神恢镂月明。
一锤迎日举，万壑作铜声。

武威海藏寺

平地起门墙，居高地自凉。
僧闲拒俗远，柏老荫姑臧。
大漠堆寒露，祁连印佛光。
海山藏韵古，定是水云乡。

客中访大梨树村

几从梨树过，充耳尽传闻。
今日客从访，梨枝湿已熏。
问门知韵古，巡岭感星勤。
林舍书成墨，溪山锦作文。
花连凤云白，情汇嵈波群。
诗酒谁家好，揭联能献芹。

七律

长城90首

春登虎山长城二首

（一）

秦时门户报花封，险扼苍波不居功。
山作弓形能御虎，水名鸭绿势从龙。
曾经领塞横刀立，依旧春鹃带血红。
冷月斜阳云去久，旌旗犹振一江风。

（二）

踞险自持如虎势，扼江一步可闻鸡。
天悬垂罅云横斩，壁立摩崖石待题。
飞鸟従无碍秦塞，苍波自古抚东夷。
关山几缕英雄气，犹抱霜枫不肯离。

访风城乌骨城遗址

漫从苔米认营盘，背倚名峰气未残。
怪石无存孤垒虐，山形犹御朔风寒。
疏狂冰栈三千态，寂寞云根一寸丹。
传说凭增天险秀。连烽合作画图看。

辽南青石关与朱彦君联句

为寻胜迹久徘徊，独上高峰酹古台。
万里海风说旧事，无边苍谷看桃开。
萋萋芳草抚碧血，累累青砖哀我怀。
隐约前朝多少梦，都随雁影入诗来。

过青石关

又临青石吊征东，山势入鞭锁霁虹。
百代相传遗韵美，千车竞渡古衢通。
刀兵已远险犹在，雉堞无多情意浓。
待拾山花抟锦束，长函书剑颂唐宗。

锦州道上

虹桥云路白沙堤，塔影城垣入望迷。
新柳深阴辽役馆，晚潮遥渡海青居。
诗逐草色抚连塞，醉趁梨花指酒旗。
千载情牵戍楼月，几多春梦到辽西。

过兴城谒袁崇焕塑像

更替无须论废兴，荒唐竟自毁长城。
千官孰与托恒固，一柱诚能扶即倾。
莫向将军问生死，当从青史正功名。
登临莫论前朝事，诗剑已疏沧海平。

秋访九门口长城

隔岸村鸡啼午斜，胡烟漫过汉篱笆。
九门有锁非关月，一塞如鞭不阻笳。
骏马已驱民怨去，血衣尤照旧墙遐。
雄关无奈水同脉，放了溪流放渡槎。

过山海关

雁字横陈燕嶂秋，峰峦峭处耸碉楼。
苍苔斑驳秦砖冷，紫叶依稀戍卒愁。
欲把狼烟锁塞外，岂知鼙鼓起城头。
雄关空作鞭长势，几度北来胡马稠。

春过山海关

大野苍茫入夕曛，炊烟原上没林根。
几回云岫浮关影，遍地桃花皴黛痕。
欣看海山呈浩荡，更乘风雨著氤氲。
迢遥高路驰千里，一笛飞车过塞村。

山海关老龙头抒怀二首

（一）

青砖新砌卤台险，雪浪平添秦塞寒。
断壁难禁劫后耻，层城莫作镜头看。
剑空烈士凌云志，雨洗将军浴血滩。
俯拾狂涛浇块垒，几多垒块可安澜？

（二）

苍茫海气卷空来，石塞危楼傍日开。
雪浪犹随寒晔射，旌云已扫角声哀。
将军几按拿云志，帝胄空题济世怀。
大好河山今又是，长缨重振遍春雷。

过姜女庙

碧海苍山接塞芜，雄关断处一祠孤。
痴情何惧千秋雪，泪眼长朝万里墟。
悲起寒衾飞玉镜，心悬朗月点银珠。
直教亘古男儿血，洒向城头滴悔无。

夜宿山海关二首

（一）

关呈门面字呈闻，底是闲庭卓不群。
文武自当兴翰墨，死生岂可问将军。
笳声无复心头怨，征事烟随雨后云。
入画还须醉中看，一城灯火正缤纷。

（二）

弓月尤朝雉堞弯，曾经风雨暮云闲。
城头灯火光如注，塞上人家恨已删。
重为诗书兴遗韵，不教山海负红颜。
雄关如诉当年事。一枕涛声到梦边。

山海关夜宴

己亥大暑，山海关值诗书赛事，是日晚，闲庭主人设宴关前，群贤毕至兴会一堂，诗寄众选手。

休将空句对边愁，且趁华灯上箭楼。
几度刀弓挽兴废。一腔热血写春秋。
流光已载风云去，盛世平添翰墨俦。
杯酒殷勤醉关月，不拿双冠不王侯。

题南戴河海滨游乐中心

携云飞锁上龙山，南北戴河成鸟瞰。
城色空蒙翠含黛，湖光潋滟柳浮烟。
雄关谁觅祖龙影，碣石还听魏武鞭。
箫鼓声中人欲醉，回眸秦岛海连天。

登喜烽口

车巡峡谷折复萦，故事重寻何计程。
松染苍峦情激荡，云封紫塞势峥嵘。
冰霜几蜕残墙影，雉堞曾扬烈士名。
忍倚青山敲瘦骨，大刀读破意难平。

秋访迁安青山关

戍营刁斗倚清秋，云自闲闲史自留。
紫陌炊烟侵望月，长空雁字过城楼。
千年燧火千年怨，一寸凋残一寸愁。
莫使颓墙惊宿马，苍缨重绾缔风流。

咏黄崖关巾帼楼

蓟县黄崖关有明朝十二将士遗孀用抚恤金捐筑之敌楼，日夜守候在长城之上，令人望而生叹。

忠魂义化惠云生，巾帼黄崖别有名。
忍听哀鸿唳乡路，甘将遗愿铸连营。
牵衣笛暖城头月，枕戈霜寒铎上更。
画里山川梦中泪，一阶一石总关情。

春访平谷将军关

残痕一带系斜阳，关影未如村影长。
断壁犹能护春蕾，新篱无意作边墙。
将军石在人何去，翰墨客来神自伤。
野叟偏怜城脚下，闲依老树话沧桑。

重访将军关

几番绮梦眷山隈，苍壁春枝明古台。
堞影犹疑旗角动，诗声已报故人来。
千秋翰墨数笺泪，万里乡关一剑雷。
庶夜重温寒食酒，天涯更约探花杯。

上元平谷访石林峡

僧钟庶鼓望中分，峡出塞边榛亦军。
滚石凝雷欲作雨，奇峰叠巘自成文。
栈萦绝壁一绳缈，月点晴岚数峰曛。
残雪渐消犹娱目，直牵梨梦到青云。

平谷金海湖半岛秋望

碧水苍岩映紫阳，漫疏篱落看花黄。
壁罗冷蕊霜林艳，苔点落红溪石凉。
古塔久怀新故事，层城遍写大文章。
平湖如鉴浮塞影，云白风清万里长。

平谷山东屯谒轩辕台

群山护拥轩辕顶，台阁嵯峨堤柳浓。
波漾新菏一池碧，陌分乡学几声钟。
老街犹唤燕姬酒，村墅已扬除税功。
紫石欲寻盘古意，疏篱郁郁枣花风。

密云古北口秋望

关山遥看暮烟平，古塞如鞭折复萦。
凌厉但思惊劫戮，回肠只为解刀兵。
山花着雨依霞灿，霜叶经寒伴石生。
一按重峦绾奇气，千秋只向乱云横。

过金山岭

雉堞回环岭几重，险关自有密云封。
从来寒气逼燕塞，终古金山塑战雄。
承德千遭知进退，怀柔一剑贯西东。
至今思念戚元帅，司马台前廿四峰。

庚寅夏偕士海兄及顺义诸友登司马台长城

峰回连塞雨腾虬，雄峙幽燕第几州？

漫卷层峦云浩荡，俯临紫陌客风流。

九门谁解三弦意，一剑难消千古忧。

欲逐祖鞭巡禹甸，振衣更上十三楼。

登司马台长城十二楼遇雷雨,游人仓皇避雨状望而生忧

苍茫云气锁关墙，十二楼台入雨乡。

珠断瑶池秦塞险，剑横银汉玉山凉。

每临绝顶发慷慨，却逐惊雷看恐惶。

若个全无祖生念，也凭好汉说堂堂。

过密云关门村

崖悬残堞对斜阳，险隘曾无片石殇。

羁客南来凭著暖，朔风到此自消凉。

荣枯不为烽烟止，更替非因岁月长。

村庶从知安定好，边墙折了做家墙。

访密云关门古堡

苔枕寂寥石锁村。险峰危径接云屯。

残墙何故失烟雨，峭壁生能扼户门。

疑是砖轻城易破，当真弦重马难存。

青山不为风霜老，犹抱紫塞宣梦痕。

登雾灵山

一山四季信何求，盛夏瀑冰犹未流。

石碑每觉凉如故，春蕾总能开到秋。

俯拾烟岚群岫小，低回燕塞一痕遒。

赤峰已在白云外，云外依稀有堞楼。

冬访密云桃源仙谷冰川

指顾寒峦问堞楼，乱峰推出避秦沟。

山门半隐野云外，绮梦尽悬琼壁头。

飞瀑声消雷乍垒，瑶池珠断玉横流。

渔郎原是探骊客，紫塞丹阳一望收。

怀柔青龙峡寻韵

高峡苍烟一鉴收，漫扶根脉访源头。
秦墙影共白云动，绝句情随碧水浮。
风雨经年犹可驯，山川终古汇同流。
琴心尽付雕龙手，塞上清音听不休。

春访怀柔神堂峪

雁栖神峪见关畴，人向青山画里头。
枕石农家依老树，跳溪泉水恋春钩。
几弯村榭谁携醉，一笛炊烟车患稠。
指顾酒旗迟未至，斜阳云外数碉楼。

过亓莲关

夜宿偏村春未阑，残垣花树吊征鞍。
千秋一枕乡关月，万里几多驼梦寒。
马上琵琶安甲帐，天涯消息动栏干。
刀兵尽付长鞭影，情结每教和泪看。

伤怀亓莲关

刀兵已忘塞城乖，敢借关墙营墅斋。
谷里人家竟豪舍，岭头烽堠半荒台。
苍苔无力秦砖冷，菊蕊有情残壁哀。
秋泳一池清似鉴，断墙影里玉肌白。

秋登慕田峪

迭宕峰峦一剑裁，雄关飞渡塞云开。
九重谁筑连城垒，千古几多匡世才？
但使秋风染双鬓，不教征骨没荒莱。
苍山遥望霜红处，故戚将军布箭台。

春访箭扣长城

　　十月一日独登长城险关，因山顶夜寒路险为谷口店家劝阻。

店家留客非缘酒，遥指苍鹰盘谷啾。
石路有惊飞箭锁，雄关不怒白云愁。
畏他寒夜警温暖，叹我痴心无止休。
天外碉楼耸千仞，教人一步一回头。

秋登箭扣关长城二首

（一）

势挽星河一箭横，堞楼耸处白云生。
关残犹可惊隼翅，峰险当无借赤绳。
新月晴从秦塞曲，霜枝紫向帝乡倾。
九回何计肝肠断，石上苍苔衔落英。

（二）

青山无意写苍凉，紫塞西风雁一行。
石破得从斜径出，墙颓谁记旧时伤。
生悲莫过霜重染，欲固还凭身自强。
烽堞未忘兵铁冷，大书缱绻九回肠。

春访箭扣长城

霞映碉楼神自灿，乱红扶我上云端，
天梯挂壁峰回羽，步石经春花护残。
气振苍烟龙吐纳，堞浮雪浪势回还。
传诗更喜申遗后，西栅听茶梦不寒。

秋游怀柔圣泉寺

霜枫照影煊深秋，牵袂松风催胜游。

峰涌雄关旗角动，涧藏古井圣泉流。

山门有钥霞还锁，樵话无书讹更幽。

静听闲莺啼偈梦，白云旧事两悠悠。

庚寅夏偕申兄及顺义诗友客次怀柔庄户营望响水关长城

家家门户对雄关，情结千秋解亦难。

燧梦渐消残壁外，游龙犹在叠峦间。

水因姓李名声响，堞为连云剑气寒。

故事尽随年事老，一川风雨一凭栏。

题响水湖长城玉蟾沟

鸡鸣林畔绿漫蹊，关影连绵云脚齐。

斜出疏篱青杏小，静依峭壁紫庐低。

石蟾仰看情知笃，鱼阵详参道不迷。

闲指堞楼听湖梦，荷锄人下浣花溪。

秋访怀柔黄花城

一弯弦月点穹苍，雁字遥回溪涧凉。

原上千秋悲古调，城头万里赋新阳。

莫教残壁误尘眼，当惜民魂是脊梁。

山菊不随流水逝，迎风犹绽旧时香。

登居庸关用李重华韵

嵯峨形势几回环，燕嶂苍茫天地间。

气接重霄扼荒漠，神融辽海锁雄关。

层城遥望雁回暖，长铗漫扶云去闲。

千古几多英烈血，遍凝紫叶写秋山。

秋访八达岭二首

（一）

得风流处自风流，好汉石前人影稠。

剑抚征衣三唤马，镜摄彩照几回头。

秦墙残迹谁惊梦，侠窟悲歌空说愁。

劫火千年燃未止，长城何日可轻裘？

（二）

非是秦墙气不平，苍苔故事太年轻。
残砖欲辅汉家石，颓堞难当飞将营。
霜点枫林谁怒目，剑横烟堑几愁城？
燕山未诉经秋事，槛外寒来云自生。

冬望八达岭

正是六花抟梦初，关山遥望雪封途。
披霜紫塞守岑寂，皲白松峰靓俏殊。
未必登临即好汉，从来安定看功夫。
谁依长剑疏风雨，铁笛殷勤向帝都。

延庆华坤庄园雪中回望八达岭

苍茫云气锁重峦，起舞银龙入画看。
乱絮有情人未禁，远峰无语石凝寒。
凭轩好赏梨花雨，闻笛犹惊紫琶弹。
皓皓一鞭秦塞雪，不教随意过燕山。

延庆龙庆峡题壁

苍岫峣峣云去闲，蓬壶清静绝尘寰。

几回难觅渔郎渡，一剑顿开龙峡关。

粉壁至今藏诚语，范生何故到深山？

洞中棋局了也未，石上苔痕罗紫斑。

访龙庆峡神仙洞

神仙洞府自生寒，一线路融千仞山。

紫塞西联函谷气，平湖上接太乙坛。

云雷不是掌中物。水火难从壁上观。

方寸棋枰集风雨，瀛台朝夕望长安。

秋访龙庆峡神仙院

傍厅玄语句犹存，一树擎天撑院门。

洞古何妨香客少，神灵自有世人尊。

荡胸罡气浮云畔，拂袖清风在石根。

几度来寻松荫户，此中真意与谁论。

秋游昌平红叶谷长城

屯云皴黛看枫红，血染关山第几重。
一曲琵琶动今古，千般气象亘时空。
神凝燧火淬秦剑，梦逐丹阳上碧峰。
绝塞经秋空万里，年年紫叶扫西风。

夜宿京西川底下村

石抱苔墙知几家，偏村夜色不须夸。
更深席散山塘静，树老枝稀月影斜。
笑我误将茶作酒，由他任把草当花。
疏星点点摇垗影，一片蛩声傍野涯。

门头沟京西古道二首

北京西郊门头沟区山里，长城脚下，自韭园至圈门村完存一段长约20千米的山路，即元代马致远曲中提到的京西古道，几处霜痕斑驳的山石路上，遍布足有一尺多深的马蹄窝，乙未秋，随驴友至此，"古道西风瘦马"即在眼前，令人触景生情，惊叹之余遂成二章。

（一）

石上艰辛何用题，参差窠臼证云泥。

轻扪残壁敲瘦骨，漫拂霜痕听马蹄。

老树藤缠天外月，斜阳声散路边鸡。

西风如诉当年事，影入苍茫道不迷。

（二）

埋头默默向何方，寥落西风驮影长。

敲碎艰辛马蹄脆，吹残星月笛声凉。

乡关云外有呼唤，冷暖当前不思量。

岁月无痕石窝远，銮铃一步一铿锵。

过宣化城

钟鼓楼高剑气浑，声名自证古犹存。
边城几度连九塞，池宇至今无一门。
残堞已消他日泪，群山未负旧时痕。
功形俱葆方宣化，拱卫经常是正论。

谒黄帝城三祖堂

山水皆由火后青，蛮荒故事不胜听。
刀耕原为囤黎米，战伐诚能续裔星。
风雨有常凭聚散，天泉无尽祀安宁。
如今四海为家日，三祖从源供一庭。

鸡鸣驿怀古

夯墙未将卫池耽，坐倚危峰霜聚岚。
城上四围堪驭马，街头一柱可悬簪。
沦亡非是当时过，节操岂能同日谈。
古驿无忘怒笄意，鸣鸡犹向碧云探。

鸡鸣驿用水磨韵

塞上秋高日影移，危峰势与白云齐。
城回归信奋鸿羽，画断邮差催马蹄。
名驿重开显客访，残碑新竖待书题。
存亡迥异女儿梦，一处鸣晨兩处笋。

访山西堠阳古城

抱璞之风久不存，小城故事费寻斟。
孤门犹望三关气，残壁何禁四面尘。
自古欺天难立命，从来破旧可标新。
新居罗列旧垣上，毁邑原为守邑人。

登雁門关

重上雄关不自持，金沙鏖战我來迟。
愿傾报国一腔血，从补杨家五路师。
旗振将挥军令后，城回忠尽满门时。
半轮秦汉多情月，来钓千秋边塞诗。

自朔州望雁门关

塞上秋衔鸿去痕，朔州东向接云屯。
沧烟淡抹崖边路，紫叶浅回塬上村。
远岫渐凉鸦点点，寒原欲雪气昏昏。
停车指看险峰上，不敢轻言过雁门。

黄河偏头关长城

墩台呼应壁回湍，形势千秋仔细看。
关堞萦成太极谱，洪波犁出老牛滩。
乱氛何待大河洗，燕序还须长剑抟。
九转难平蹈海势，乾坤情结在安澜。

过古偏关遇拆建

漫道边关故事多，孤门岂奈众氓何。
残墙犹诉劫灰耻，新厦平添铜臭波。
曾历风霜应知古，唯图名利患成魔。
推陈新挺土豪肚，空唱偏头重镇歌。

神木谒杨将军祠

风雨沙疆一剑横，三边浩气贯杨城。
鞭凌金夏平荒漠。威镇燕云挂代并。
日月同辉家共耀，烽烟无息国难宁。
千秋松柏仰忠烈，塬上犹听战马鸣。

榆林镇北台怀古

塬上白云涔大荒，三边秋思入苍茫。
重门巡礼扶连塞，奎阁排云安朔方。
绿抚驼城千古梦，晴牵经略九回肠。
高台一曲蛰龙起，处处征人说故乡。

【注】
榆林自誉驼城，范仲淹曾经略古榆林

贺榆林诗刊创刊五周年兼怀范仲淹

秦王台接范公楼，雄镇九边知几秋？
白发未悲连塞冷，黄沙犹抚去鸿愁。
曾教剑按词牌老，更使刊催风骨遒。
一曲长歌人不寐，早传风韵遍神州。

榆林统万城怀古

秋风几度叹曾经，忍看残垣没乱荆。
千里狼烟逐时渺，三边沙碛入眸青。
繁华失处何统万？血泪逾年难洗腥。
无定河旁回梦雨，朝朝诉与白云听。

银川贺兰山岩画

水浸风撕剑石寒，采榛岩上韵流丹。
拨云西接白登道，斩棘何寻得鹿坛。
知会艰辛解形易，曾经岁月欲询难。
千秋星火传心语，霜迹休教作画看。

登六盘山

好汉碑前汗未干，迎风紫叶韵流丹。
浮云携雨成三变，高路回峦岂六盘。
过得险关能缚虎，秉承奇志即驱寒。
长征已蓄凌云势，雁背斜阳带笑看。

登皋兰山观夜兰州

中分玉带水涵烟，骈跨长河桥拱悬。
楼列珠玑簇蓬岛，灯抟星斗织金川。
文章有绪千秋写，故事无凭万里传。
最喜皋兰山上月，良宵更照一轮圆。

过乌鞘岭汉、明长城

雪斩群峰古浪悲，乌鞘西去气恢恢。
草间飞鸟因风唳，云里黄沙杂血堆。
落照城头冠军马，北风塞下次溪杯。
墩台交错千秋雨，几道寒光一剑雷。

古凉州雷台随想

未许雷台惊梦魂，凉州西望气如神。
若无宝马踏飞燕，岂有长缨扼塞云。
酒怨青杨情不老，武威西域画难真。
三关刁斗催星月，光耀千秋汉将军。

凉州黄羊河长城

何时沙碛筑边墙，道是临河防野狼。
麦熟通宵连栅动，寒来牧草和雪香。
一鞭锁钥隔南北，两处风云各暖凉。
热土千秋割不断，休教断壁说离殇。

访武威白塔寺

塔林已慰旧垣凉。偏寺名晖舍利光。
游客争闻禅客事，白云已扫黑云殇。
本来国界无区界，从此战场成道场。
和约会签三载后，悠悠佛号遍元疆。

游张掖湿地

天生湿地笼黄沙，风摇垂杨疏影斜。
草接芳汀栖晚雁，波分清浦散芦花。
绿洲禾熟香千里，浅渚荷开滋万家。
非是祁连浮远塞，浑疑蓬岛一纵槎。

河西走廊过明长城

清笳吹影近斜阳，雁点黄沙梦几行。

云抚晴峦抟白雪，雨疏铁面到边墙。

乡心不碎别时冷，关牒每闻通后香。

霜月西风汉唐道，驼铃一步一铿锵。

过临泽古城

沙碛排空寸草无，长宵孤驿待鸡呼。

值门岂奈戍楼寂，去路知逢故客疏。

人至三边少北往，节从十月忌西途。

黄风千里白登道，锁钥非关汉与胡。

过嘉峪关

云囤晴雪暗祁连，古塞池涵大漠烟。

丝路星高驼梦远，莽原寒彻玉绳牵。

千杯不老凉州曲，一箭尚留明月篇。

盛世四维无战事，东风万里过雄关。

阳关随想

绝唱每从寒晔出，西风紫陌暮烟孤。

千秋戍客弹冠剑，万里悲筛动史书。

吟旆恒摇边塞韵，云程岂作等闲呼，

时人欲破阳关曲，马革三缝备也无？

飞越天山

边月漫从云里看，东风一笛到天山。

雪峰远哺坎儿井，驼影长扶戈壁滩。

大漠无垠心可渡，人间有梦路非难。

千秋风雨诗兼画，都在英雄剑上弹。

天池谒西王母宫

天池仰望认瑶台，西母殿深门自开。

人为知音能忘我，仙因何事未倾杯？

险峰雪永云难锁，圣水波清山可裁。

榆杖经年成老树，千秋只等故人来。

谒伊宁林公祠

恤民心思总痴迷，辅国非关东与西。
引灌何曾悲枷锁，上疏虑不到云泥。
欲华红烛邀云灿，不死春鹃带血啼。
最是潇湘一夜话，传薪细柳遍伊犁。

【注】

林公65岁时，自伊犁赴云南巡抚，返里途中，于洞庭湖同左宗棠一夜畅谈，遂成忘年交，翌年林公殁，左公大恸。此后乃有左帅进疆。

秋到那拉提

马传辔辔酒传卮，秋到天山鞭未迟。
草色稠连烟树远，牧群散逐白云低。
雨中留客休言醉，风里盘雕应有诗。
衔璧雪峰情不尽，一川响瀑萃琉璃。

谒锡伯族西迁纪念馆

百代无忘使命先，每衔赞誉说西迁。
刀丛野菜和霜煮，马背干馕带雪餐。
戍国未思家万里，居功不负史千年。
天山驻马边无事，弓上仍留一箭悬。

雨中走那拉提百里画廊

漫从云里望天山，壁列翠屏原似绢。
松谷马群时出没，毡房雁阵总流连。
草疏云影云疏碧，花浣溪声溪浣烟。
谁挽雕弓如满月，雪峰英气足惊弦。

谒伊宁汉家女儿祠

汉室女儿金玉身，襟携大爱释天真。
竖琴远抚关山月，弱柳能回戈壁春。
西母缘何晋仙母，乌孙从此是王孙。
千秋丝路綦驼梦，红杏霞边独倚云。

访伊犁特克斯古城

读镇原知守固坚，形分势接认坤乾。
门和经纬知呼应，径拱星云自转旋。
玄挂温存上古意，河图清静向心篇。
斜阳无意解回力，芳草终能绿到天。

梦巡丝绸之路

路似飞锋关似弓，连绵关路月明中。

驼铃摇醉边墩梦，高铁推开大漠風。

欲直柔肠舒百转，再萦情结对初衷。

千秋史笔催花雨，玉帛还看一带功。

故里行

春访夏津桑园

儿时曾梦椹园邻，老退始归耽景新。
虬干半残花外茂，淑姿如昨望中匀。
枝疏珠影牵痴念，叶抚晴光摇绿云。
布谷声回桑粒紫，啖香一颗一童真。

游临邑槐林园

儿时记忆黄河故道曾有一道绵延百里的沙丘衔绿洲风景线，多年来因农田改造，仅存此一处绿洲浑牵乡愁。

故道几寻存一涯，千重葱翠掩黄沙。
浓阴翻作画中浪，香雪纷呈浪里花。
山水有情垂史训，渔樵无意毁浮槎。
幸留孤岛慰童梦，唤渡当能到我家。

登弦歌台

麦浪连天绿到门，重楼无忘武城恩。
漳南王气几无在，海右弦歌韵犹存。
田亩半忧储仓廪，人家每虑教儿孙。
秫归声里桑榆早，煊饼炉前古贝春。

春访蒙山鬼谷峪

岩峦跌宕野云飞，故事或因仙洞违。
毕竟雄鸡知唱和，并非混碾不迁回。
纵横但向谷中过，攻守皆从石上推。
花外夕烟函古道，篱边轻叩老人扉。

春游蒙山

盘桓径向顶峰行，小曲不新洗耳听。
圣迹每从眼底聚，苍烟几欲袖边生。
凌云小鲁小天下，拜寿祈家祈太平。
骀荡天风开胜境，逢春草木自荣荣。

过单父半月台

长安东望共余杯，好酒和当侠客陪。
无赖陈书托陈酿，有情青剑约青梅。
花因味重关山近，诗为云轻意气恢。
一自琴台吟半月，家家扶得醉人回。

过单父半月台怀李白杜甫高适

梁园东望岳云恢，好酒还须侠客陪。
诗约青梅煮银汉，剑疏碣石有惊雷。
寒花初绽深秋后，浩气微醺半月台。
千古金樽鸣绝唱，汤汤不尽大河来。

己亥春节

桃符浴目若衔杯，车载乡音漾绿醅。
旧梦别裁牵绪动，新声重浣启心雷。
露回堎垅方舒麦，晴上疏枝已放梅。
晚会人家笑平仄，千般酝酿又春回。

甲午刘公岛感怀二首

（一）

耻从孤岛忆烟尘，浊浪偏浇旧痛新。
靖犯岂单交口舌，制夷未必到经纶。
乾坤在握凭一剑，冷暖于心关万民。
海上无时不风雨，阴晴由律亦由人。

（二）

轮回谁怕事重温，懒向劫波寻旧痕。
应信阿Q多忘耻，小输山姆不伤尊。
降旗全未服顽寇，坚炮偏能叩国门。
莫怪群豺频噬爪，华邦无奈又肥豚。

病床侍奉老父八日感怀

扶老方知宿命尊，休将草木说经纶。
俱来贫病多磨难，不息风云伴晓昏。
谈笑床前三遗矢，疏狂纸上一留痕。
廉颇九十犹能饭，无疾而终是昊恩。

缅怀先父李公讳尚中先生

鹤龄适会圣龄祥，师道相传五世襄。
入耳诗书听无尽，关心风雨忆有常。
慧琴每振乡关梦，涓滴长凝日月光。
归去清风犹惠我，堂前如诵语铿锵。

【注】
父终年84岁，恰与孟子同享。

谒颜平原唐城遗址及东方画赞碑

一隅足以证全身，血溅沙墙见气神。
城自敌前能御马，字从公后始如人。
端行无语成号令，义举有声关万民。
碑石峥嵘照千古，犹持忠直抱天真。

岁末感怀

秋霜何奈问梅残，玉树枝头一寸丹。
诗为春回集丽句，人因雪去守余寒。
计程有序循规易，留岁无方从简难。
诸事未曾随鬓老，年来犹作等闲看。

咏伟达纸业

机遇相携步未停，纸兴伟达耀坤灵。
彩虹每出雨风后，大业长因勤奋宁。
拓路来财摒污染，买浆集锦惠新型。
铅华剔尽心如洗，素帛弘扬翰墨青。

重游大明湖

傍岸荷花映日欣，亭台每被画桥分。

临汀指看二安柳，停棹慢分双圣云。

晚唱随波传街巷，泉声出户散罗裙。

超然楼外大明宴，杯酒能回四季春。

老　宅

绿笼柴扉云隐雷，卅秋一别日方回。

乳名深巷谁呼饭，午宴新邻正举杯。

门锁锈簧浑尽据，枝舒虬干远来陪。

叶间青枣似知我，争像童年那一枚。

癸巳回故里

雪花散落野茫茫，高路飞车一线量。

岁月翻新律依旧，儿男层出血方刚。

丰年有象人心净，瑞气无痕风物长。

早望渠成期水到，柳堤处处待帆扬。

癸巳回运河畔故里

雪花散落野茫茫，高路飞车一线量。
岁月翻新律依旧，儿男层出血方刚。
丰年有象人心净，瑞气无痕风物长。
早望渠成期水到，柳堤处处待帆扬。

春上梁山

哨台遥看入苍茫，水泊无痕山寨荒。
擂鼓声消义旗静，长空雁断铁弓张。
一朝枢密除奸佞，百代英雄尽栋梁。
青石可知儿女意，黑风亭畔柳琴长。

自阳谷至鱼山寻访古迹

古迹几寻多不明，江山遗韵待新声。
白云鸥逐长河落，绿树车循大坝行。
桃李分香喜成颂，诗书飞盖梦相倾。
浮桥起伏斜阳渡，更助文澜一脉兴。

回乡高速列车上

云梭无计曳流年，千里乡思一线牵。
高路频抟层楼影，远村时见赶牛鞭。
童贞故事浮重壑，古木人家散夕烟。
辘辘依然垂老井，漫从曲折叙缠绵。

车上与二少年话乡思

思家之苦莫轻言，老伯原曾美少年。
阿母唯愁隔夜米，小儿不识诞辰筵。
梦牵树杪红一点，乐撷村头鱼半篮。
最念三番擒我叟，开园呼"贼"饱瓜田。

为六六届初三同学会题照

辛卯春节返里，见同班师生元旦合影，二十人中有数人已不识，不胜感慨遂成此律。

一纸沧桑感慨真，秋霜难掩鬓边云。
呼来同学方惊老，寻遍全班不识君。
风雨未思谁误我，悲欢却道己耽人。
相看休说辛酸事，杯酒浇开满目春。

乘车訪临淄天堂寨

栉比桐阴村未详，白云已报到仙乡。
峰涵浅黛皴花雨，楼枕疏钟度暗香。
太白欲邀桓址后，玉真已过杏林旁。
亭台分倚松梅月，环拱天街待客量。

过临淄齐都古城遗址

抚痕漫道废耶兴，曾是大城连小城。
霸业百年难继续，淖沟一处叹经营。
天从何处惩妄语，人到死时知乱行。
指点康庄说大道，桓公台上草丛生。

淄川访蒲松龄聊斋故居

茅屋柴门薜荔墙，茶余耕后怪文章。
影从诡异嘻还泪，妖幻娇柔诘亦庄。
私欲能将人变鬼，爱心但使鬼成良。
一书长弑多情剑，剥去无常便有常。

谒苏禄王墓祠

海图知有不潮浔，竟渡百蛮牵陆襟。
谊结远盟航永固，物连大化浪无侵。
宏韬未负千秋志，劳顿偏耽一寸心。
终教异乡成故地，德州世代仰清音。

读《宋卫国诗词集》

恤民心思出艰辛，德蕴华章几十春。
菊养清高朴而上，雨敲平仄润乎臻。
情操已逐风骚古，气格犹随音韵新。
阅尽浮云凭笑傲，骈和松竹抱天真。

山东诗词四代会间登千佛山

殿角流莺和燕鸣，重楼掩绿惠风清。
拾阶寻句访词隽，滑道犁云学舜耕。
松渡疏钟佛非远，池涵花雨韵尤明。
苍苔小筑石边路，添得寻诗杖几声。

甲午感怀

轮回谁怕事重温，懒向劫波寻旧痕。
应信阿球多忘耻，小输山姆不伤尊。
礼仪全未服蛮虏，坚炮偏能叩国门。
莫怪群豺频噬爪，华邦无奈又肥豚。

诗言寄舍弟

诗尊警策重情长，格调由来凭主张。
熟字不难须读破，人情多变慎思量。
雨前莫笑因风倒，花下休言得味香。
良善但从心底出，绝无一语属轻狂。

步和梅关雪也写十年

汗漫消磨尚半留，疏狂未觉鬓边秋。
但持驽钝不思报，能主情怀莫说仇。
堕甃皆因私欲恶，随风谁为乱摇羞。
十年书剑勤检点，诗苑有声当注眸。

访江北第一洞

门蓄玄黄向日熏，浮龙烟渚气浑浑。
窖藏故道千秋韵，泥酿沧波万里魂。
剑外琴台询有路，榜前卷策慧成论。
闻香已带三分醉，笑指坛封二十春。

乙亥大暑访三义春

单父谁家得味醇，闻香常侍驻骝臻。
开怀诗酒四君子，捏脊高汤三义春。
骨韵细调驱热浪，村蔬应季汇清真。
忘情最是全羊宴，直教银浆岁岁新。

贺单县老干部作协成立

书剑和当老酒开。大唐风韵起从来。
作家应运添新会，单父因之更硕碑。
诗为明芹得句隽，云因伏雨及时裁。
长歌一揖四君子，再振琴声半月台。

塞外行

回营川

山一程连水一程，重归山水慰离情。
堆金稻菽千层浪，铺玉蒹葭一碧平。
虹彩因晴自天降，月轮应约出云明。
鹊桥迟渡车知我，过了榆关加速行。

大石桥国府酒家雅集

美酒且随飞雪烹，名楼正合载歌行。
携来辽左千枝暖，洒向梅边一笛明。
无叶扶英亦成画，有诗催斛更宜情。
小炉火旺堪煮韵，融入六花春意萌。

敬挽葆兴兄英灵

短信未防成噩耗，倾缸悲泪向谁浇。
深山呼唤犹萦耳。壮岁春温忍割胞。
布雨图匀少余憾，齐家已振有殊劳。
抬头日子乘云去，且伴祭辰吟作号。

兄长讳葆兴周年祭

别泪匆匆逾一年，音容犹觉在身边。
时因形似呼知错，每被歌疑夜不眠。
品似松高终有论，甘由苦尽岂无全。
本来二月牵情愫，此后重为二月牵。

惊悉噩耗痛吊曹公林昌兄

泉台此去计无程，噩耗初闻痛复惊。
庭案诗书犹未尽，蓬山消息不留情。
由来得失知多少，终是荣枯欠透明。
一曲挽歌和泪唱，芦沟晓月照君行。①

【注】
① 曹公手术前有"病芦沟"诗句。

挽著名评书艺术家单田芳先生

营口饲我三十余载，堪慰先生同乡，听先生书如近水楼台，入耳铭心。今闻噩耗，悲痛万分，诗以敬挽。

余味犹须借酒温，先生之后韵何存。
几多演义夸营口，无尽沧浪汇海门。
故事不因花事了，书腔长共唱腔浑。
欲悲还挽辽东鹤，待向瑶台敬一樽。

雅集白沙湾

　　丙申仲夏偕钱教授伉俪并大石桥诸子游仙人岛，夜宿白沙湾，时值退潮，沙岸临风，传杯唤酒，诗以即兴。

海气浑茫水不流，清风抚栈白沙洲。
平滩波细晚潮浅，曲径语轻槐岸幽。
岛为仙消浮幻影，帆因客至枕鳌头。
举杯欲约摩云句，误撞蓬莱月一勾。

沈阳怀远门抒怀

五福宫连丹凤楼，长街渐入夜灯幽。
寒笳犹挽雕弓影，高路早呈溢彩流。
诗逐狼河思不尽，缘随龙脉续从头。
东风无意入原始，怀远门前绮梦稠。

贺辽海吟风开坛

征鞭几度到辽西，绝唱从来驭虎师。
千里吟残秦塞月，一旌擎彻汉家旗。
律回旆角川原秀，帆鼓东风河海祺。
谁振长缨抟白雪，铁琶频向鬓边吹。

凤城客中怀廿年前友人

曾经风雨不思量，一样辛勤两样忙。
诗苑新邀吟友会，梨花犹绽旧时香。
改弦高乐应能善，送炭石桥从未忘。
但向凤池问凤羽，冰轮长在水中央。

长春伪皇宫感怀

分脂竟自到狼前，昏愦全非是苟延。
借力心思成笑柄，回銮痴梦付流烟。
应知积众终难返，须信将颓不在天。
傀儡光阴究何若，个中滋味一人餐。

依韵步和小溪客舍凭栏

椰风霓影说无寒，待降偏升又一年。
首付方知奚囊涩，借条更向至亲传。
寻廉怕入华堂里，插菊还从陋镜前。
房贷金额已填好，小楼客宿理能眠。

松花湖二首

（一）

一湖山色映紫霞，峰隐波回楼宇华。
夏至阴浓清胜碧，冬来冰厚暖生花。
非因好酒俗风老，犹思还乡景气佳。
久蓄白山云液满，直牵松韵向天涯。

（二）

波漾晴光凫鹭飞，秋来紫叶秀成堆。
偏村烟树垂红瘦，柳岸酒家呼鲤肥。
鸭戏疏篱啄闲羽，舟横香渚网余晖。
风平山远渔歌里，谁挟芦花戴月归？

乌喇园

城涵一水汇清明，桥挂三湾虹气生。
凫影时翻楼影乱，松花远抚浪花平。
园回羽箭图新跃，岸驻白帆起旧营。
落木连云成追忆，千秋不变大江声。

丙申清明后一日哀悼王彦增同志

石桥夜话忆犹鲜，因市积劳知有年。
白露描图尚案侧，清明访址到江边，
诗廊淞岸三湾道，斜月秋风五丈原。
应是江城缘未尽，一声悲雨一潸然。

肇东江滨题照

滨江带绿泮连湾，樵话渔灯年复年。
古渡人家窗拢月，大金故事柳含烟。
稻香久蓄芦花梦，螺号频催白鹭船。
一曲纤歌拉不断，千秋羽化碧云团。

中原行吟

依韵和繁仓兄

甲子重邀玉兔临，殷勤未觉岁寒深。
和谐已得三元气，持续新传太古音。
叱咤云雷凭剑胆，镂裁岁月见诗心。
千秋不弃烟霞客，直把清流衍到今。

过洛阳谒范文正公园

小祠四壁沐松风，当户老梅初放红。
院蓄三坟集忧乐，路呈一剑贯西东。
凭谁白发安天下，惠我残碑拜词宗。
欲借清明化时雨，来催河洛牡丹丛。

游开封上西湖

谁依河洛钓沧浪。宅卜东风地曜光。
波漾金鳞分韵细，桥衔虹彩曳形长。
层楼新接梁园月，诗味重温禹殿觞。
借得西湖一湾水，淋漓谱写大文章。

访古吹台

古吹台外柏森森，风雨遗沙不可寻。
故事经传书有径。斜阳未动树成荫。
三贤祠小沉吟久，千佛塔繁流迹深。
恰是风华聚清静，伽蓝影里远听琴。

清明上河园谒东武同乡张择端塑像

一肩明月两袖风，身手犹存流线工。
纸上诸情生笔底，人间万象蕴胸中。
客非经意思廊庙，图未可知惊帝宗。
我亦漳南羁游子，愧无清气与君同。

仙镇谒岳王庙

男儿生就报朝敦，旦夕无忘刺字恩。
拯难何曾负家国，论功从未记寒温。
人自公后思三字，史到公前留一痕。
莫向将军问生死，江山不固树无根。

拜谒天波府

果然杨府气凌云，不问丝弦问斧斤。
铁血每曾惊虎帐，旌旗几度焕罗裙。
宁听哨马踏三阙，弗教遗民哭六军。
耻向狼烟卜生死，江山永固即垂勋。

朱仙镇岳飞塑像

背依河洛立苍穹。怒目千秋对朔风。
剑析寒霜平北斗，气吞河岳捣黄龙。
堪叹奸佞权误国，岂忍元黎久沐凶。
大厦将倾折天柱，遗民百代哭精忠。

诗兴开封颁奖会感怀

兴业息兵夸仕林，当从大宋說高岑。
文韬荣膺前朝盛，武备应成后世箴。
剑肇三边安广宇，才通四海汇清音。
诗书再续梁园梦，千载河图衍到今。

题洛阳牡丹

好朵知时未许催，每逢三月秀成堆。
集来仙子瑶池宴，扶得潘安浊酒杯。
花不因人自浓淡，情偏唯我待栽培。
但凭子健如椽笔，也共河神醉一回。

过滑台谒庄子墓

荒冢随形不自哀，几曾化蝶梦魂开。
坐依箕踞循天道，笑鼓泥盆乐土台。
拨篱传酒邻翁唤，续辨骑驴惠子来。
欲证洪荒煮混沌，鸿思原自碗中裁。

夜巡运河道口古镇

波分灯影曜银鳞，船到滑台怜旧津。
画角勾残商铺月，大弦吼去故街贫。
青阶径仄宜怀远，老店鸡香好钓新。
挹罢尘封巡韵古，导游人是护河人。

道口运河古镇

惯听京杭一脉通，清流唯此不朝东。

每牵家国兴亡事，堪比淮扬商旅丰。

宜向民间寻老调，当从遗迹看敦风。

悠悠水镇分今古，几度垂杨伴晓钟。

滑县欧阳书院

众水由来唯向东，平山浑与滑台同。

学尊间朴秋声赋，礼崇庄严泗水风。

鹅扇关心访野老，怀琚教化起顽童。

清廉本是儒家事，几度文澜忆醉翁。

大云寺重起规模

寺中无佛亦无尘，四宇清凉廊殿新。

信是声名享海内，除非鸡犬不曾神。

因缘有定失于象，风雨无常幻似真。

三日盘宗终又继，从教宝塔傲流云。

滑台惜别

滑台揖首动篱樊，盛友诗心照不喧。

思并濠梁寻半句，情同工部共千言。

大弦愁听烂柯雨，古镇欣开昨夜轩。

慢说此行无解意，传杯恐未到中原。

2018上学期期末通韵实验考察
雨中自西安至洛阳有感

假前赶课几来回，连日浮云拨未开。

意汇群贤论平仄，诗邀帝苑辨榆梅。

但能通韵催时雨，不信双轨不震雷。

更有香山助酬唱，飞花传令共衔杯。

谒洛阳白傅园

雨湿苍阶一径深，人行尘外俗无侵。

云边雷去溪成诵，石畔风生松鼓琴。

草至萌时知火意，歌从悲处有梵音。

山凝翰墨纳千象，情逐伊川流古今。

缅怀焦裕禄

志行成典说焦桐，谁倚长河唱大风。
不信黄沙能虐祸，但寻嘉木为驱穷。
丹心已哺千顷碧，热血犹凝一寸红。
乡路无言留足迹，好官总在众心中。

贺迅甫兄获中原十大孝子殊荣

宏恩当报名就时，日月光华星自知。
字出鹅池凝铁线，德标禹甸慰霜丝。
雨晴表计农工虑，脚手架牵童梦痴。
意暖千家慈母泪，化成赤子数行诗。

武陟诗词学会成立寄语

云台瀑落凤池烟，赵魏遗风今古诠。
杖点苔衣析平仄。雨从时意入诗篇。
解题须在重温后。立境本来敲字前。
晋助隋唐文脉远。创新捷径是承传。

燕赵行访

香河段京杭大运河

潮白交流运水长，每依垂柳说隋炀。
人应边事开漕路，帆挂东风通货商。
兴废由来启家国，是非何故太荒唐。
千秋功过凭谁问，遍拍栏杆怀远航。

访大运河故道红庙村金门匣遗址

荒床遗砌石砖残，草起丛林新亩干。
村舍非关金阙杳，羊群不问旧墙寒。
漫寻废闸殇流势，遥指沉舟说远澜。
漕运千秋多少事，休从疏涸断碑看。

井陉道上

车缘石路上山梁，指说前途入太行。
几越云程径无险，偶经村落墓名王。
骄兵不与左车计，背水空教士卒殇。
自此人过井陉道，每从形势论兴亡。

过秦皇古驿道二首

（一）

燕赵东行接海门，金戈驰骋有乾坤。
计长从教水能背，陉井当知气可吞。
廊庙有尊民有国，度量同尺迹同论。
青山不与秦皇老，石上至今留印痕。

（二）

平生轨迹画难圆，车到天门叹路坚。
铁马从教石可破，复轮未许计生偏。
绵河垂训知进退，汗雨成尘思苦甜。
欲抚深痕凝一滴。秋风斜照旧陉川。

苍岩山题壁

拨雾苍岩下九秋，天街漫步小勾留。
虹桥过隙携岚渡，仙栈裁云待阁收。
欲借清风传客语，叹无绝句共冕旒。
井陉故道斜阳外，高挂隋唐月一钩。

丙申洪灾后过背水之战处

绵蔓将临车缓行，犹惊洪兽未惊名。
河中汹迹愁方退，岸畔伤痕洗已清。
风雨由来归草木，乾坤原不载刀兵。
休教背水学韩信，且看井陉灾后荣。

访于家石头村

谷中岁月长相忆，石上苍苔犹禁寒。
隐姓难埋报国志，守忠恒念粉身官。
云旋几匝浩如海，砥砺千遭坚似盘。
卅代更迁终不改，每持清白向燕山。

贺井陉荣膺中华诗词之乡

规矩由来循一经，千秋渠到看功成。
磁窑遗范说往事，古道深痕映月明。
虹起苍岩山有应，兵收绵漫水能声。
从教里巷衍文脉，欣看诗书焕井陉。

夜宿南横口

白石门楼磁范墙，临河商埠古窑庄。
青阶如砥滑还亮，老店无言客自忙。
舟恋暮归陈酿醉，人思市后夜茶香。
长街无忘旧津梦，犹敞余怀对涧床。

访磁州窑博物馆

誉享神州不待评，此间消息便分明。
枕能解困孩儿面，瓶可驱忧闾里情。
襟抱星云开有度，气涵日月萃堪惊。
尽收混沌泥中味，忝列名窑到帝京。

磁县天宝寨望炉峰山

娲母栖时未息钎，炉台终古傍霞眠。
气横旦夕云蒸日，神汇乾坤佛问天。
几度峥嵘浴火后，九霄寂寞转型前。
从知仙子怜天宝，一枕太行年复年。

登天宝寨

石径盘山折复萦，层峦叠翠出云明。
昔曾天子险临寨，今又男儿新作营。
新栈平添峭壁险，红旗更衬众峰清。
振衣直抵绝尘处，但见凌虚一佛横。

秋访天宝寨

石村自古说从龙，天宝确因依险峰。
紫气欲填秋壑满，名渠已破白云封。
人间有梦业能铸，仙顶无梯心可通。
登历千回百转后，普提原在画图中。

谒兰陵王墓

赳赳英气抱荒茔，魃面轻提威自生。
自将身心报家国，未防宵小祸蝇营。
曲能破阵声名远，剑可夺魂神鬼惊。
河岳不辜雄杰志，终教美酒祭兰陵。

磁县溢泉湖寄语

一年三度到磁州，燕赵风情赏未休。
频入邯郸知学步，每闻漳滏不回头。
枕窑颜色素能辨，回轿精神亦可求。
更看诗词花竞放，骈随成语汇同流。

访天宝寨花驼村

为寻天宝向山隅，一路簸颠车似舟。
老屋深阴石村树，乱红漫点柿林秋。
旧时有库门还锁，险崮藏龙岚未收。
慢拾云梯临绝顶，毗卢捧日众峰头。

天宝寨访申美集团

谁把行乾春鼓擂，太行冷菊秀成堆。
云弦未被玉人扰，尘梦方经卧佛培。
兴可天池驻天宝，活能申美代申煤。
待将血汗化甘雨。璀璨崮峰携梦回。

访阜城东马厂宋文化新村

壁上诗词街上旌，室中什物说曾经。
欲将骁勇化成血，直把军需系到名。
柳陌秋风宜纵马，将台星火好谈兵。
靖边几度豪情在，鱼匣重弹作剑鸣。

观八景诗词广场

志书八咏起何时，但把风情以记之。
昔日吟来惊未觉，如今读过叹尤奇。
一词成立传千古，百业俱兴发九思。
从此倾城说争创，明朝待看蔚成诗。

冬访刘老人庄二章

（一）

古梨早冠运河滨，只挽烟霞不染尘。
气合虬枝知烂漫，神凝铁干忆艰辛。
美名已共俗风老，传说尤较御笔亲。
枝曳干云入思索。春来一展画图新。

（二）

诗到运河遗韵长，冬临霞口访梨乡。
树因枝灿云能曳，客为情回茶不凉。
家有老人洪福厚，村多古木气神扬。
清词敢笑芳魂瘦，已趁东风逐梦尝。

过景州谒开福寺塔

儿时歌咏景州塔，得见已然双鬓花。
情动非因街舞乱，泪飞确为宇神嘉。
时随史雨回北魏，势合魁音衔落霞。
恰是斯民挥不去，才抟云气满中华。

过景县访董子祠

广川西至运河弯，來拜秋风一院闲。
联律重温圣文化，儒尊衍拱汉江山。
设坛弗若封坛易，辅国诚如开国艰。
百代兴亡功与过，凭栏分认取和删。

访鲧堤遗址

抟陌成堤曾掩流，洪荒归律史悠悠。
水成兽后尤堪退，霾作鳌时足可愁。
正气能回莺序暖，俗尘无碍海桑浮。
当年鲧杖今何在，宿草丛中土一丘。

兴隆寺

僧尼两列语同讴。般若寺缘云水居。
小藏经无出廊庙，大锅饭却到浮图。
清规自戒馨从远，法律无边道不虚。
坐倚梵声心有悟，起朝尘世看真如。

访油坊运河码头

寻故申遗知奈何，隋杨影里戏闻多。
苔痕欲掩纤声老，古渡难招帆影过。
科入同规水同脉，书偏传诈字传讹。
是非已逐雨风去，最怕小儿询运河。

题打虎武松像

不是松爷不解情，恨它虎口对苍生。
得无小抿酒三碗，岂可鲸吞珠万觥。
怒目顿教魂魄散，惊雷晴看气云平。
铁拳高聚千钧力，哪方邪恶敢成精。

访武植祠

混淆虚实说荒唐，百代奇冤惊帝王。
传世本非因县令，出名从此立祠堂。
瑾遵礼教何遭妒，乱点阴阳知孰殇。
卜姓当应防裨史，诉完潘武诉潘杨。

过冢子村

峣峣一冢被蒿莱，道是皇家太子台。
影入偏村显有祭，鸡鸣陌巷未知哀。
几重富贵归尘土，多少机关没藓苔。
雨里人家知几许，乃王乃帝不须猜。

登贝州古城

城头东望意何如，入目齐烟照不虚。

光耀三山接云岱，天连九脉看通渠。

清河涨后鲧堤现，汉冢诠时古贝殊。

东武弓长能射虐，便教豪杰片言无。

丁酉冬枣强寻根于边村祭拜族谱一世祖明太祖敕封镇殿将军李公讳鸿之墓

公是皇封镇殿神，曾经龙马咤风云。

功名未企传终古，忠勇端能应将军。

族谱轻翻感荣耀，祖茔长跪记超群。

年更卅代惠根茂，犹觉碑前有虎氛。

赞冀州民警常群勇

警徽闪耀目长明，赴案临危心不惊。

莫向英雄问生死，但关群众可安宁。

将星挺身如山岳，恶棍技穷归律缨。

民有灾难知有我，横空一剑世间清。

访温泉村丁玲纪念馆

巡门绕户水潺潺，榆荫小村人未眠。
遍润民心分细雨，一牵風暴入诗篇。
书惊海外名成奖，意哺寰中文化泉。
故事经年萦老树，陽光塑影照桑干。

读李思宝自书诗词有作

六艺由来源一支，功夫凝结静观思。
情生于墨清如水，意发乎文缤若丝。
但使书家擅词句，难能词客即书痴。
自然法则寻常悟，悟倒真时乃好诗。

诗书如晤致王会长学新兄

花开两朵诵平章，并茂声情非尺量。
铮骨可敲凝正气，忠怀如诉见柔肠。
书涵宁静人方秀，诗崇清新韵自长。
我到兄前知学步，丛台终古醉云乡。

燕山京城风物

秋兴八首

(一)

金风成酿醉枫林，抬眼重峦景气森。
塞上寒烟皴黛影，城头斜照散清阴。
白云每载游子梦，紫叶长牵慈母心。
短信无声连广宇，乡音梦入故园砧。

(二)

楼入昏茫影自斜，每从霾讯说京华。
停游暂释双休累，预警跳循单日槎。
画止街头半掩面，梦回石畔忍听笳。
何当一夜风吹雨，破雾灯丛净若花。

(三)

东来紫气挟曦晖，吟苑枫红寒露微。
黍谷从知回律暖，燕台早有雪花飞。
子昂泪远心非远，太白天违志不违。
欲觅当年高格调，词兵句马正秋肥。

（四）

千古文明一局棋，得除离乱不伤悲。
兴衰拭愈安生处，风雨抚平襄盛时。
能主性情秋未晚，但倾驽钝慎非迟。
临枰取舍循天道，毕竟中和臻上思。

（五）

干云豪气势如山，阵列武威天地间。
席卷沉霾回丽日，剑横云壑锁雄关。
铁流浩荡恒系马，神器寂寥开盛颜。
一振长缨权在手，千秋绮梦定朝班。

（六）

京城卜宅运河头，心浪万千连素秋。
夹岸黄花涵柳色，排空广厦慰乡愁。
锦鳞塔影浮辽鹤，都会区标邀远鸥。
回首燕山云浩荡，坐依紫塞望神州。

（七）

雁栖湖汇盛时功，百态衔云入望中。
画里晴光耀山色，梦边柳影荡秋风。
守真丛菊抱枝紫，贪露残荷褪萼红。
不钓烟波只钓誉，屌丝几个是渔翁？

（八）

怀柔松岭自逶迤，重九相邀访旧陂。
荒岫新开今日路，红楂犹抱去年枝。
欲寻驴背白云远，未许畦边花影移。
苍狗碧阴留不住，恐教宝马望眉垂。

通州蕙兰美居验房感怀

余退依子属，到京已属低收入户，享两限房之惠，切肤之暖鼓而颂之。

躬耕已惯力能微，卜宅倏然邻帝梅。
童梦未因沧桑改，寒花犹幸雨风培。
秋临广宇少陵愿，月满层楼太白杯。
百转乡思释雁背，一窗塔影紫云回。

自雾灵山西门缘溪至龙潭瀑布

九转葱茏接碧霄，峡深雾重密林高。
云裁素练三重瀑，雷啸飞湍十里潮。
巨石横崖犹待写，断珠跳涧不辞劳。
临危自有树忘我，垮壑伏身当渡桥。

二月二日吟龙

抬头便教地天新，不待何时交令辰。

知会纵横凭气概，适时吐纳见风神。

腾飞久蓄爪麟利，圆梦恒思主义真。

雷雨千秋慎司命，一声春鼓九州匀。

龙潭湖公园谒袁崇焕祠

更替无须论废兴，荒唐竟自毁长城。

千官孰与托恒固，一柱诚能拯即倾。

莫向将军问生死，当从青史正功名。

邻湖说有先生柳，还与游人细打听。

园博园放歌

云疏宝塔耀星河，汇博名园盛世歌。

秦塞凝金分剑影，燕池涵紫漾晴波。

亭台不为芦沟少，竹石偏因永定多。

更看横空走高速，直牵浩气上银梭。

美术馆参观邓拓捐书画珍宝展有感

琼林寂寂殿堂宽，名画名人两不喧。
惊世长轴足倾国，归流大化可知难？
每临社稷唤推手，便有书生挽巨澜。
多少乾坤扭转事，一人一举一时间。

宴归红墙西街

灯影婆娑树影稀，画楼深巷夜归时。
流光闪烁疏新版，寒气寂寥催旧厄。
文字犹存人去久，心声常在梦来迟。
钓台春苑歌吹罢，平仄重抟敲古诗。

过红楼怀鲁迅先生

红楼寂寂晓风轻，已杳当年震耳声。
漫道诗书耽子弟，当知翰墨见神情。
劫波消后韵尤远，丹凤归来神益清。
今日斯民同乐业，品诗仍许问先生。

赠青龙峡赶马人

八折牲酬付十分，只缘鞍上遇知音。
诗情坐向松间话，碑字卧从桥底寻。
我不爱山山爱我，心无关塞塞关心。
牧牛未竟且游马，一醉能弹千古琴。

房山世界地质公园野三坡百里峡

层岩几度劫成灰，深涧苍苔认轮回。
垂罅悬针天一线，乱峰回瀑石千堆。
斧析岁月虹生雨，壁指星云剑作雷。
险处从知汗能冷，且行且止莫贪杯。

秋游京东大峡谷

清风牵袂慰郊游，谷静寒潭人影稠。
坐拥暗香分玉镜，飞萦悬翠下云头。
石村花漫闲问枣，兰径柳斜追拍牛。
回望松青菊白处，乱红点破柿林秋。

夜宿桃花谷

玉馔香车懒与逢，闲云呼酒任西东。
含烟篱落三杆月，皴黛林塘一笛风。
花气有心催句老，髻鬟无意竞春红。
鱼书何计重关阻，水远山高兴倍浓。

辛卯双庆

孤舟寻渡叹鸿毛，未谙白驹空计劳。
岁月几曾醇老酒，锋芒犹可拭轻毫。
东风无意花千树，甲子有情循一遭。
但使书生意气在，吟帆待看破重涛。

上班路上

拂尘终日为谁忙，掬赛犹如赴考场。
学海久航凭力蹈，嫁衣新就定身量。
裁诗崇亮恐遗小，选秀尽材唯见长。
十载不疲通惠路，星灯如水月如霜。

兰亭书画院雅集限侵韵

　　乙未秋，梅关雪卜宅燕郊，偕林中小溪造访宋庄兰亭书画院，塞北闲云、六无斋主以茅台佐宴并邀余与枫之韵作陪，诗友兴会欢欣莫名。席间限韵索记遂成兰亭雅集。

双娇骈至意难禁，雅集衔秋入市林。
纵是疏狂犹带古，者番情致未伤今。
流觞岂让三杯酒，分韵偏拈十二侵。
月色良宵知几许，闲怀清唱不须琴。

题六无斋

衔杯携犬步市林，潇洒唯余情未禁。
租两间楼堪卖画，聚三五子有知音。
诗能载道源于古，字可生钱笑尔今。
小隐不无些许色，榻前但缺一张琴。

过卢沟桥

七七何堪第一声，陡牵怒火作雷鸣。
大刀挥处黄河立，飞将崩时热血凝。
合力终当斩魔爪，孤军未许失长城。
喜峰关影芦沟月，日夜张弓向敌营。

赞西城区少年宫主任王小慧

儿时一念未曾消，直教平生育李桃。
攻玉能无点金手，登蟾甘做步云桥。
功成捷径在年少，钟著大音凭殿高。
蝶梦成丝丝不尽，万千雏凤上重霄。

赞西便门社区书记潘瑞凤

事无大小尽关心，闾里文章动古今。
情可融冰存火热，言能化雨带春深。
菩提每向寒枝探，虹彩还从雨后寻。
一钥顿开千把锁，和谐同奏七弦琴。

丁酉年冬月深夜读诗有感

微信指端无止期，匆忙触碰是零时。
方知人已过元旦，未许情犹置旧陂。
欲立艰难欲罢早，叫停容易叫行迟。
诸多头绪理还乱，最是批评这一支。

纪念辛亥革命一百周年

举义皆为一剑愁，百年热血荐神州。
盟邀禅变尧回舜，誓拓共和枪锁喉。
啸傲云霞自家国，去留肝胆两风流。
韶光不负英雄志，华夏终呈烂漫秋。

步和潘泓兄京城牡丹

已教霾雾去无痕，娇媚千般出云根。
但就雍容说富贵，非关京洛主寒温。
川原簇秀霞增色，里弄开瓶酒溢浑。
毁誉由人常淡定，从容由我古风敦。

海　棠

素面淡妆欺紫霞，许些屏嗅也徵瑕。
抟星成梦交相誉，皱黛合烟遥望赊。
果实虽曾让青杏，风骚从未逊梨花。
年年最是清明后，雅集归来不系槎。

再說雾霾

鱼龙竟物势难收，乍暖先生霾雾稠。
划地濑拈十首噪，打油难教一壶休。
浮名堪钓无深居，热脸半遮尤逐流。
也笑管宁多激动，割袍未必不同丘。

丁酉寄怀

戕祸中东烟未消，衅凶台海吠声遥。
御寒域外慨凭剑，引凤寰中慷倚箫。
霾重堪防非说梦，楼高能买即邻尧。
城乡有路各其所，乐向桃符读岁朝。

秋归病愈重返博客有作

荒径重开半夏芜，秋风小试体康舒。
侵阶苔藓梳难去，经雨蔷薇枝待扶。
剪影久违墀畔菊，张弓新拭屋檐锄。
邻翁慢作隔篱唤，先把诗苗培一株。

大　暑

入伏游云脸似阄，沉雷隔道雨成流。
燕巢方啄池泥罢，村醴已将香酿收。
结硕心思浸锄把，抟霞消息在枝头。
漫言溽热扇难去，大汗扶平始得秋。

戊戌迎春

忠犬欲传芳信齐，莺簧已上柳梢堤。
霜晨消息几盘点，盛世文章尤待题。
奋可领先凭气概，恒能守拙匀东西。
新春有韵初培土，衔套欣牵第一犁。

庚寅春节感怀

前缘端合等闲身，村酒时常带醉斟。
庆甲敢从老子寿，贺年便问小儿辰。
情共月轮邀百岁，气凭东岳逊三分。
来生再续蓬山约，长乐渔樵不出尘。

七夕雨

将熟葡萄递雨襟，鹊桥和泪与时临。

飞声暗渡情人怨，涓滴悄传天外音。

非是阿娘不知味，原来尘露太伤心。

玉骢终日无消息，难载瑶池夤夜深。

无　题

莫嫌隔水倦声啼，当悔春前语出时。

恨别难禁三日久，盼归尤觉一朝迟。

但闻离别情犹苦，最苦相思人不知。

既是闲云心未在，何如拂袖一挥之。

十九大感怀

赶考题难求大同，谨行岂敢忘初衷。

百年坎坷长征路，十九艰辛接励功。

伟业还看转型后，小康不待鼓帆风。

腾飞欲竞洪荒力，破茧和当带血红。

题《中国诗词大会》

芳华萌动晓寒微，二季诗词花竞菲。

评过方觉味胜酒，诵出更见谤成灰。

几多星月若新故，千古风骚似久违。

倾巷只缘梅又度，春潮喜伴韵潮归。

贺我国航天器太空对接成功

谁驱神器汇长空，不夜良宵几处同。

风雨情怀长脉脉，晨昏钟鼓自匆匆。

赤绳但系两厢愿，蓬岛何愁一万重。

终使乾坤成对接，人间始信有天宫。

建党九十周年致贺

扶轮经纬几蹉跎，创业艰难百战多。

守志克敌须克己，图南和律更和谐。

再无饥腹呼乡里，早有神舟访月娥。

沧海琢磨珠有泪，千秋盛世始从说。

绿心公园运河故道

一园葱翠入晴嘉，犹抱漕河故道斜。
通惠若疏萧后冷，张湾无奈断桥遮。
风扶芦影水伤石，我吊桨声人照花。
旧埠泥藻或堪渡，南帆有梦在天涯。

神十返回致航控中心

指令轻回神器推，拂云遥盼旅人归。
扪心寻路凭缜密，披胆问天须中规。
浩瀚星河宇宙阔，迷茫尘世力能微。
一声着陆圆乡梦，多少苦甘和泪飞。

赞国航"金凤"乘务组

辅国何当使命先，载旗服务树标杆。
南盟神翼惊宵禁，非典真情透眼帘。
聚可驱寒一团火，分能谱乐独成弦。
雨风无阻金凤鸟，遍播春温翱九天。

中国书籍出版社三十年庆典致贺

三更星月五更寒，几度殷勤凝笔端。

不向书山说辛苦，已教学海起波澜。

文章经国千秋重，知识传流四库繁。

卅载耕耘堪笑慰，高标还傍紫云看。

写在全国公祭日

警笛长鸣义氛殊，百年公祭叹无辜。

旧痕重抚人知勇，丝路新开梦可图。

捋直犹须好脾气，修平方见硬功夫。

笑他贼瘩横螳臂，忠字还看大笔书。

为抗战老兵九三感怀

无边浩气起城头，霜鬓难禁热泪流。

火箭臻齐大刀恨，铁军荡涤喜烽愁。

和平未觉由来远，科技方能秉志遒。

七十八年走方阵，征尘当可洗芦沟。

七七卢沟桥感怀二章

（一）

卫城几度沐天恩，桥锁威严剑气浑。
永定刀光饮飞羽，卢沟晓月恋朝暾。
并非危难人知勇，的确奢靡鬼叩门。
曾历劫波当思固，一遭事变足惊魂。

（二）

枪声何故创伤知，桥畔踞狮吼若嘶。
古渡原凭扼西塞，卫城未料拒东夷。
一朝事变长留恨，百代反思犹未迟。
石上弹痕真似铁，前因无忘后人师。

咏理发师

成人之美始从头，妙手能除蓬后忧。
剪却镜中童子怨，修来顶上状元谋。
眸当发际勤检点，指自毫端巧运筹。
试问人间短长事，刀来哪个不言休。

赶春运星夜排队购票

我在这头家那头，乡关千里望悠悠。
未临五九顾工短，刚过廿三年味稠。
老母愁思糕盒里，小儿学费内衣兜。
方辞风雨又星月。一票能排归去忧。

癸巳京城春雪

忽来春雪动栏杆，一夜梨花竟未残。
玉女妆成汉宫悔，瑶池宴罢董娥欢。
城头铁笛一鞭暖，塞上貂裘千丈寒。
晴放蓝天映红日，美人更待镜中看。

春游运河森林公园

一河如卷画图开，湾转滩回掩榭台。
花树连云成错落，轻舟拍浪几徘徊。
影浮廊角游人乱，声挽弦歌故事回。
隔岸码头静若诉，如看帆橹逐波来。

山口望贾岛峪

门愈牢牢诗愈飞，白云尘事两无违。
松溪曾育吟魂瘦，霜壁犹抟紫叶肥。
庵递寒潭声在耳，石涵伤树影非衣。
西风崖畔两三户，知待痴儿人未归。

过京西古道

人生何处不文章，牛角岭前余味长。
敲碎驼铃星未落，吟残晓月梦谁伤。
艰辛散后寒遗臼，岁月凝时石带光。
有约关山路无歇，马蹄一步一铿锵。

庚子京西古道行

也效隋唐仗剑行，燕山访罢访神京。
约三五子寻诗瘦，扪百千窝问路惊。
门锁偏村风著雨，杖横绝句斛兼觥。
烹羊走马神概耀，古道铿锵传鼎声。

深巷谒袁崇焕墓

毁誉由来不足论，英雄本色耀乾坤。
虎帐长思斩云志，荒村未忘舍瓢恩。
世无良药医奇耻，偏有深缘正国魂。
一自先生含恨去，寒衣世代守孤坟。

己亥立春后十天通州初雪有感

迟来弗晚尚初春，声色喧然欲涤尘，
吹帽轻扬四五片，沾衣不化有无鳞。
花从尔后空思暖，雪逐人忙忘伺匀。
终比零星未染好，百由一卯也扶贫。

溪山春晚

将晴时候暮烟薄，漱石牧群初渡河。
斜出竹篱青杏小，半横棚垄苦瓜多。
月明偏觉影疏淡，花好常期绿琢磨。
毕竟人间春胜处，香来无梦不成歌。

赠　妻

　　妻去上海照看外孙已半年余，春节回京欲歇月余，求我告女儿勿订节后返程票，有感而作。

半生劳碌敢分神？未觉风霜染鬓云。
衣食方消朝夕唤，孝慈又使北南分。
孙怀暂释但求我，家业中兴岂让人。
心共天涯一弯月，不经意处是温馨。

秋访银冶岭

峪口曾惊松径奇，深秋当赴早春期。
欲寻驴背白云远，未许畦边花影移。
偏岭新开今日路，红楂犹报去年枝。
碧阴苍狗留难住，宝马寻幽或可知。

蝉

谁将疏密作吟笺，直把秋思交替弹。
未企共鸣传素翼，却教倾盖越流年。
云山大吕情难扰，落叶微醺夜不眠。
冷暖由人凭喜好，雨风交趾在林间。

果园环岛康斯拜德

衣冠随时不思匀，街头舞步自天真。
队形依次无先后，套路由他少辐频。
花为风生欣起舞，叶因声响倍添新。
曲终群散兴犹在，朝露星光润气神。

甲午上元节恰逢情人节偶拾

相思每借梦中裳，佳节偏逢月正华。
懒看玫瑰盈闹市，欣随梅讯到天涯。
经年故事醇于酒，带露钟声净似茶。
影入鸿泥香入水，也无短信也无花。

秋望步和老杜九日蓝田邱氏庄

果实盈眸心自宽，民能温饱尽从欢。
已将新穗赋新酒，况是旧仓仍旧冠。
篱豆摇铃紫生暖，杂花迎巷静谁寒。
省城书至置楼亮，喜报金秋随处看。

再续秋望以应中镇社课

一年两度遇重阳，客次登高每望乡。
节为相思能再补，情回初恋情谁尝。
未忧秋水违时短，应许白云遗梦长。
天外齐州烟几点，金风篱畔正花黄。

《侧帽集》读后

词令读来终觉贫，读残凄婉见情真。
带刀鲜有虎狼气，造句胡为松竹魂。
诗到临清能秀主，愁难自拔便伤人。
但能一半关家国，方显文章格调新。

温泉浴遇一妙龄女郎

汤浴何时群不分，得逢玉臂美无伦。
蛮腰未动波先动。香鬓将熏梦已熏。
起看玄娥拥白马，坐扶粉面泛桃云。
贵妃将赴明皇约，君是瑶池第几人。

甲午重九顺义赏红

节逢周日欲何之，观景浅山鞭未迟。

盛会须迎五日满，弦歌正鼓百年期。

霜凝紫叶浓于酒，梦逐丹霞秀成诗。

二度重阳人共醉，缤纷彩墨写秋思。

庚寅冬偕士海兄访黍谷峪

漱石泉流去不还，律回故事或当删。

庙荒遗竹犹摇绿，院废空林欲掩山[①]。

霜柿残铃悬树杪，桃枝春晕上眉端。

路逢樵子殷勤问，来岁樱红几月间？

【注】

① 传说此山即邹衍吹律之处。

癸巳清明偕士海魏青正君诸友访邹子吹律故地黍谷山有感

老峪久荒神未衰，律回故事唤难回。

野云早醒泥中味，宿草犹耽石上苔。

山不能名空入典，谷为自证故邻台。

邹郎若矢当年志，教与山桃随处开。

闻顺义打造浅山风景区登黍谷山
再忆邹衍吹律事

引玉有砖当展眉，美琳未现不生悲。
浅山新造恐无我，老峪久荒但问谁？
薄粉非关蕴底厚，弹丸难补腹中亏。
寒川暗合邹生律，堪叹清箫苦替吹。

访贾岛峪不值夜宿云居寺水头村

停车野峪访诗家，石院参差夕照斜。
旧籍日遥当问寺，春枝寒退未栖鸦。①
经藏云窟合无本②，溪到水头应有涯。
独傍龙源扶岸柳，清泉如注抱莲花。

【注】

① 贾岛有句："鸟宿池边树"。
② 无本：贾岛法名。

再访黄叶村

疏林无意杖黎轻，小扣柴扉语不惊。
深巷槐荫梦几许，红楼往事叹曾经。
空山每恋啼鹃影，春雨长期打叶声。
一曲凝眉歌未断，更将何事问先生。

甲午春日再访黄叶村

槐杪泛青春涨池，薜萝巷外草庐低。
葬花人去花还落，打叶声回叶未齐。
雨过枝新风抚柳，云来影动燕衔泥。
老墙有句题谁解，溪畔人家正试犁。

明城墙赏梅感怀

浮尘未掸入清嘉，独对寒梅感物华。
戍国失缘空说剑，丰翎全退尚思家。
从无奢念唯耽句，偶有良机补看花。
依旧熙熙车马道，疏荫磩磩月光斜。

贺首届古体诗词论坛开幕

华灯初照翠云屏，论道吟坛说振兴。
文企新波不我待，诗求精品共潮生。
抒怀魏武征鞭远，撷趣陶潜菊锄清。
巫峡千秋存浩荡，江山一袭有魂灵。

过牛角岭

沧桑满目可曾磨，坎坷逾教感慨多。

回荡白云牛角岭，遍凝血泪马蹄窝。

驼铃不碎天涯梦，烟袋轻敲咫尺驮。

岁月无辜足行健，一程平仄一支歌。

丁酉人日京西访贾岛峪未值夜宿水口村

曾因偏峪访天涯，夕照隋松山寺斜。

新石推敲人未应，旧经解读密无哗。

地多俗气尚存古，村失林缘不驻鸦。

莫使诗名耽故里，范阳驴背早还家。

陶然亭忆宣南雅集

聊借浅池栖雁踪，梳翎意在遨苍穹。

题笺时有劝天句，落帽恐无赴国风。

宏德致君尧舜上，真情发自唱酬中。

形骸疏放陶然里，衣钵相传志不空。

秋宴金海湖人家

霜点柿林秋圃开，小排盛宴紫云台。
湖山疑傍瑶池近，诗笔得从原始裁。
秦塞青回峰浩荡，偏村红退影徘徊。
凭栏水岸斑斓处，斜月悄临留客杯。

春访陶然亭

十里清波照柳斜，曾教雅士作垂家。
小寒不见三冬絮，惊蛰迟飞二岁花。
菜市虽难扶国祚，荷汀犹可渡尘槎。
一湖烟树陶然里，再约宣南意倍赊。

再访陶然亭

久羡宣南春放槎，小扶兰棹趁晴华。
桨声远去俗尘扰，柳色长为情侣赊。
凫鹭波寒懒分翅，牡丹梗暖欲抽芽。
问心亭畔丁香路，花漫裙腰一带斜。

己亥人日用蔡襄韵

东君乘羽复乘船，来种人间几点烟。
山外晴空如梦远，溪前花气待风传。
我凭此日忘孤独，月向乡愁涌万千。
不尽相思都让酒，一杯长醉到明年。

4月13日平谷观村嫂疏花

红疏香海月疏星，丹点虬枝墨愈凝。
十里春风萦梦紫，一川花雨洗心平。
花因果落缘初意，人为花痴是本能。
吟醉桃云抛浪里，观潮难禁羡渔情。

自平谷环山道看万亩桃花海

停车指看绮霞升。人傍沧烟花海行。
红透香泥云作雨，林翻紫浪露成琼。
村姑因梦疏还拈，黄犬无眠闭且睁。
信笔醉题枝上句，载歌载酒自生情。

2019新元方台有寄

雪花问过问梅花，一纸素笺晴望奢。
心路宏开大气象，清风岂到小人家。
但将诗社成学诗，不让浮华耽物华。
好句抟云化时雨，朱红点处韵无涯。

上元过西板桥

燕回梅影雨临阶，人过石桥风一怀。
由我泥新复泥古，笑它营树且营斋。
酿花温度凭啼序，经国文章在吾侪。
杖点苔痕疏岸柳，好将平仄再安排。

甲午咏月和逸兄

朗吟每待月明时，未到中秋非好诗。
不醉安知熟滋味，将圆可载母心思。
清光淡抚乡音暖，桂影深含童梦痴。
星云无扰长脉脉，满天情愫最相知。

祝京都聚友商会好（代宏云）

祝福莫过集雅篇，京城春汛未求全。
都骢事业诚能载，聚力文章信可传。
友谊尤须通四海，商机更待着先鞭。
会当峰顶揽红日，好梦全凭盛世圆。

依韵奉和锡彬兄《丁酉开正断想》

自古文坛扬正声，当春恰合酉鸡鸣。
即排险浪趁鸥舞，岂教新霾误旧盟。
龙脉五千回健翮，好诗一句著真情。
但持悲悯报家国，不负南华啼血莺。

端午祭屈步和仰斋先生

汨水西来神自伤，空教时运恸肝肠。
九歌终未随初愿，百问难从拯即亡。
慨自悲来怨去国，苦携娟共有余香。
至今海内端阳祭，总把离骚对玉皇。

新年杂咏和世广先生

城逐三高雾自霾，疾生综合待刀开。

文章不慕沽名客，时代欢迎匡世才。

门少一联难入对，气多二五必蒙灾。

风行时令天行健，行到成规是未來。

步和李旦初先生八二述怀

几历严霜色愈深，林泉风露自知音。

桃峰故事怨三上，红豆情缘系一心。

笑搆劫波終未悔，涅槃老凤更耽吟。

啼鹃不吝阳春雪，千古江山甘雨淋。

初仁兄传周逢俊招饮因事难赴有记

招饮三番爽未临，无言有憾愧相侵。

笔生烟雨诗能画，梦断溪山墨可吟。

慷慨杯中少私意，疏狂话里见真金。

去年邀聚四君子，车上灯前忆到今。

步和周逢俊兄立春随感

遥从寒处看梅花，不向春头效暮鸦。
深信余温逐岑寂，谨循本色是生涯。
山川每被俗尘染，岁月亦因人事夸。
一任雾霾重几度，东风依旧过篱笆。

贺逢俊兄诗集付梓

妙句衔来晴气嘉，云林材干影横斜。
溪山消息集兰卷，羁旅情怀萦铁琶。
瘦骨凌寒岩滴泪，铜声震吕梦升华。
疏狂尽在留白处，最怕诗人成画家。

新春步和某诗友

亘古何来自在身，繁华生处看浮尘。
几番花信聚还散，一样痴情假与真。
天有小寒仍数九，地无点雪亦迎春。
但教风雨长相忆，莫问新人和故人。

告别太平桥大街4号

欲别偏生恋几分。相望白塔未相群。
听诗无忘九层殿，布铎曾耕万里云。
四号本来涵古意，八条从此更新闻。
阜成门内槐阴道，拾得清霜十二春。

东四八条52号

京腔指说八条时，门报明楼乐可支。
柿挂晴窗红堕瓦，鸽回霜翅哨萦枝。
堵车街道乾坤早 ，衔菊人家日月迟。
声色绝知斯处好，晨疏竹影午听诗。

东四八条深巷人家

白云如洗碧非遮，庭院深深日影斜。
坐听芸窗飞鸟语，闲看竹苑落桐花。
疑弓晴挂秦时月，若水街分盛世车。
得句还从汉唐昧，无风无雨兴宜奢。

应庆迁东四八条分韵得珮字

收拾行囊知纸贵，将离浑解征夫泪。
门回老巷蓄文丛，塔拥白云兴际会。
短仄深平味逐真，旧瓶新酒品宜最，
今逢东渐更東风，韵抚春旌鸣剑珮。

过东四三条

　　——枣强李氏宗谱中记，先祖句容朱家港人讳鸿公为洪武钦封镇殿将军，任期居齐化门内数载。己亥中伏，过东四三条，有街牌记：此处即齐化门内思城坊东兵马司所在，肃然敬起以诗。

从闻齐化即朝阳，知是思城名倍香。
且衍胡同追显耀，漫巡门第认沧桑。
槐荫花作寒云落，菊影枝涵伏了长。
热浪人家早茶晚，曾司兵马第谁坊。

步和杨文才兄元旦戏笔

草木经霜性更坚，一冬筋骨渐形眠。
苔衣蓄罢泥中味，杪晕抚轻枝上鸢。
春愈近时霾愈重，心从净后梦从禅。
但随物候循长进，不论新年还旧年。

依韵唱和乙未春笺

开泰应时何待鞭，荣枯新旧不因年。
六花仍蓄寒梅韵，池水将匀春柳烟。
海上云浮千丈冷，域中风正一帆悬。
扶轮励志尽缘梦，烂漫诗潮疏杏笺。

笃文老八十华诞喜赋

长门卖赋事难休，谁道云高即近秋。
修竹经风神益健，老松沐雨韵方遒。
诗传李杜源循脉，词拓隋唐自枕流。
得伴晨昏聆教诲，水流大海觅源头。

缅怀张洁先生

一生翰墨付文旌，每倚朝堂作鹤鸣。
马革曾涂上甘血，汗笺几溅越南腥。
情随炮火吐心火，笔挟雷声和正声。
逝去悲歌和泪雨，铜琶鸣镝伴征程。

诗词家丁酉雅集抒怀

借得诗词家里酿，来谋今古好辞章。
樽开百斛人无醉，词汇千泉笔溢香。
家国于心出悲悯，星云在抱自昂扬。
酒旗放胆春风里，不斩头名杯不凉。

北京诗词学会三十年庆典感怀

千秋文苑盼中兴，经世篇章缘帝京。
虹拓雨边云滴暖，绿回火后燕啼荣。
但从感悟寻知道，慎向平凡说著情。
不教悲歌负燕赵，再凭诗杖铸长城。

写在诗人之家一次会前

几曾看剑问瑶程，詩铎相呼邀远征。
古调韵高寻未止，新声词嫩力能行。
绢丝不与春蚕老，碧血知為杜宇倾。
即辅琴台集三昧，金梧玉粒替嘤鸣。

步和吕总梁松兄五十初度

羡君五十放豪吟，一片真情字字金。
漫道闲怀耽翰墨，从来热血在山林。
六朝宫阙终成古，千载诗书传至今。
独把韶华倾国祚，精诚最是少年心。

为李瞻王姝阳婚喜寄句

运中有象汇三阳，竹报良缘结帝乡。
榜上琼林朋满座，喜迎福地玉呈祥。
培樟应趁光风好，举案当随日月长。
节执勤谨秉孝悌，家声每振总堂堂。

为刘征先生九十华诞贺喜

独钟题款结殊缘，文宿原来出少年。
警句每听尘外响，师名长领业中先。
熟字半生读欲破，诗声渐稳寝方安。
堂前欣看葫芦老，绮梦因之一笑圆。

步和京战会长卸任感怀

会刊双旆誉而骄，卸任临风挂佩瑶。
卜算子开梅径讯，临江仙启海门潮。
东篱呼酒传飞斛，老友携琴过石桥。
本是园丁不需再，泥锄暂歇盼新苗。

贺张会长桂兴兄七十华诞

人逢盛世气神佳，君到稀龄一朵花。
方释征鞍弹冠剑，又临诗苑布烟霞。
曲生燕赵悲而壮，词本清高正不邪。
檀板轻和竹枝唱，平添京味韵尤嘉。

一月八日祭

年年今日净尘寰，每动情思泪已潸。
开路一旌行负重，长征九死笑迎艰。
乾坤事业回肠筑，社稷贫穷梦笔删。
瘁尽平生赤身去，冰心长驻月轮间。

少奇同志诞辰120周年感怀

去日无形思有形，峥嵘岁月说曾经。
开疆血汗挥犹记，辅国风云步未停。
枫叶每逢寒露紫，苍山只为彩虹青。
初心多少知修养，往事逾年呼列宁。

五一六怀张自忠将军

息烽刀影啸风云，已试锋芒卓不群。
直面穷豺蓄诠势，局关全线辱堪勋。
河从立处血犹热，剑出匣时霜俱焚。
奈何长城挺无倒，千秋颂我大将军。

写在雷锋逝世五十周年

江山代代出英雄，谁在平凡故事中？
功绩直教倾国仰，精神长使万民从。
情生雾化四时雨，气合云滋三月风。
慢道年来知遇少，汶川营救尽雷锋。

沉痛哀悼田遨先生

遽惊噩耗沪云昏，满市皆摇鹤寿幡。
报界衔悲失泰斗，诗坛举目仰师尊。
高才不负泉城水，明德当倾徐汇樽。
临别牵襟相一问，论年应出二鸿门。

湘鄂行

秋朝韶山冲

小池无意蓄龙蛇，山冲风轻云气嘉。
能主乾坤在虚静，唯持悲悯得烟霞。
拓流石助溪声远，浴日晴开松影斜。
未以偏村围混沌，长舒襟抱望京华。

湘潭云湖夜饮

已将村水作蓬湖，些许尘痕有也无。
人为诗狂云幻月，灯因酒醉影摇珠。
几回欲静情难禁，当即成仙或可图。
令过三巡斗柄转，传杯犹似隔篱呼。

访彭大将军故居

将军故居正中八仙桌上有一盏油灯

已将热血付长庚，驱暗何嫌束独明。
桌上油干语未尽，灵前影直理难平。
万言欲补灶膛困，一夜偏遭祸水倾。
但守方圆沃肝胆，晨昏不解是乡情。

过醴陵状元洲

矶枕烟云砥未央，峥嵘千载立清湘。
欲祈嗣后振文脉，未许浪前疏剑芒。
鞭指疆场人荟萃，波分星斗玉琳琅。
鳌头休叹文输武，光耀神州皆栋梁。

醴陵印象步和刘麦凡先生

词瓷同焕政声高，谁趁东风唱大潮。
到处笙歌合燕舞，迎时春树看旗飘。
名城何故多名将，楚水由来蕴楚骚。
江渚当无状元叹，诗花长共剑花娇。

秋访凤凰古城

小城商务日生辉，铺面比邻名宅稀。
楼角排空月轮淡，游人接踵鼓声微。
酒旗遥看疑梧影，街石近寻鲜绿衣。
香稻啄残鹦鹉句，暂凭灯火忆瑶池。

十月十三日抵攸县筹中华诗词暨
冯子振詩词曲研讨会

两年三度抵攸乡，合是平生缘份长。
波漾梅花凫戏浪，林回鹦鹉雁鸣祥。
诗名端赖倚声远，社稳皆因正气扬。
欣看吟坛举盛会，敦风文脉汇汤汤。

游湘西州古乾州城

深巷人家几许，石城门锁乾州。
寻幽踏响沅水，吃酒误登茗楼。
韵古芝兰竞秀，江清僧儒曾游。
如痴如梦如画，桥畔塘边码头。

黄州访东坡赤壁谒东坡塑像

身历八迁霜未侵，一蓑烟雨醉成吟。
有情无处不宜往，是玉随时可发音。
词为岩丹能激浪，州因德厚耻埋金。
诗人不幸江山幸，长以东坡名古今。

晨登黄鹤楼不值二章

（一）

票额几多名未俗，桥头重障觑门朱。
江回舟楫任来往，云漫汀洲自卷舒。
楼阁犹存鹤难再，龟蛇虽动影全无。
来寻诗客客已去，得伴冰轮形不孤。

（二）

墙困重楼掩旧津，桥连三市北南分。
一从骑鹤人去后，便有采诗客来频。
岸失汀洲云漫漫，江回涛浪史沉沉。
孤舟谁是弄潮子，水岸空明月一轮。

登黄鹤楼

九派归宗一脉传。龟蛇难锁玉炉烟。
长江浑忘楚天阔，盛世当求得句先。
桥渡银龙行万里，云浮黄鹤越千年。
登楼自解水流势，情趁东风诗作船。

贺石首诗社三十周年华诞

三十功名足见深，诗临石首有知音。
拈花刘浦紫阳灿，摘句渍亭江月侵。
拒蜀陆郎曾驻马，借灵东岳也疏林。
但将山水赋真爱，楚望嘤鸣畅古今。

秋访九宫山寺

溪弄梅枝几度琴。竹分廊角有清音。
花从斜径隐时暗，石向山莺鸣处侵。
古寺有灵非必大，茅庐虽小合由心。
浮云无扰青灯净，明月松风自在吟。

自姊归屈子祠俯瞰三峡大坝

一城横亘扼千军，斩石功夫坝上分。
天问情长能止水，怀沙气短可吞云。
船过门闸五级跳，浪泻疏时三度赉。
思结洪荒涵日月，灵光直教九州匀。

丝路行吟

离别宴上致张克复会长

相邀陇上正宜秋，丝路行吟巧运筹。

不拒艰辛陪一径，还将故事说从头。

诗仙气韵诗家话，汉使精神汉将猷。

七日殷勤感不尽，燕山再会待朋侪。

参观甘肃三十里堡红军会址道上

雨后岷山景气幽，梯田盘上土坡头。

云边峰翠雪痕杳，望里麦黄禾影稠。

已自两军和一路，陇中三水念同流。

眼前有径无坎坷，正道还须长运筹。

靖远祭拜强渡黄河红军雕塑

旌魂如电剑凝威，壮士西行人未归。

枪指阵云河可渡，雷摧刀影事焉非。

抟花有泪祭孤勇，深揖无词叹式微。

芦荻当年虎豹口，浪涛滚滚雨霏霏。

咏靖远黄河独石

飞来巨石立河干，襟抱仙炉一寸丹。
千古知怀补天志，此时更作枕流安。
凌波非是等闲事，慎独和当刮目看。
甘苦无须问鳞甲，投身只为挽狂澜。

甘肃靖远印象

红军渡接独石坪，水卷苍烟烘月明。
虎豹滩头抚塔影，鱼龙山上吊群英。
补天粒说斩云史，向日葵写新社情。
往返几从河上过，梦中犹响浪涛声。

访靖远钟鼓楼

街头剑舞簇银光，里巷四门朝正央。
鱼匣时敲政声厚，鼓楼恒在市风长。
立名经过推立本，靖远功夫胜拓疆。
处处边城说房桂，大河情结汇汤汤。

咏祁连玉

影出寒荒志未贫，天生丽质比昆仑。
德衔墨润浑圆魄，誉荟冰清自在身。
浴火何须三日满，垂青更待一痕真。
乾坤气概但随我，海不扬波世绝尘。

登兴隆山

登峰欣伴雨声频，未觉华严自在身。
索接山南心可渡，云生腋下手能扪。
丹台松老王基肇，青石苔微仙杖巡。
沧海曾经水知返，道从无处得天真。

宁夏沙湖

沙自闲闲水自长，黄沙起伏水中央。
坡头日影斜驼影，浪里帆翔衬鹭翔。
大漠孤烟神已远，芦亭晚渡梦初尝。
贺兰含黛书真意，天地和谐入小康。

参观宁夏地质博物馆有感

漫凭广宇入壶天，聊向洪荒认纪年。
几块石头读未破，一张白纸毁将残。
剥开混沌集和气，磨去角楞循椭圆。
九秒之间争日月，不知堪笑是堪怜。

吊秦中吟

惊悉噩耗痛难禁，诗酒送行和泪斟。
靓绩当从石上刻，痴情长作秦中吟。
忘年意气君知我，唯美文章古鉴今。
鹤背仙风挟琴去，诤言此后向谁寻？

宁夏五十年大庆抒怀

千秋孤冢锁灵丹，星塔月轮兴贺兰。
到处云楼明古邑，无边稻浪写银川。
沙湖随看金鳞跃，丝路已褪驼梦寒。
日出长河金岸早，纪生五十路途宽。

江浙皖行吟

谒隋炀帝陵

十年功业自煌煌，铁马西风万里疆。
剑指夏辽安塞月，鞭疏茶帛抚夷商。
工程自古轻徭役，故事从来费品量。
千载一杆漕运梦，桨声日夜抱雷塘。

访平山堂

大明寺外小山堂，塔影深涵舍利光。
淡霭晴开远峰秀，清波暮散一湖凉。
钟能涤梦纤尘少，书可澄怀风物长。
剪却纷纭闾里事，诗声携雨入轩廊。

贺淮楚诗词网开坛

鹊报枝头梅蕾开，谁携玉兔踏春来。
新坛欲织倾朝赋，旧浦遥连拜将台。
武为亡秦生有幸，文能辅汉怨何哀？
但倾余志振诗国，执斗还看翘楚才。

访扬州游瘦西湖

一湖秋影看妖娆，夕照苍烟云欲烧。
依水箫吹花月夜，听琴榻忆状元绡。
霓灯初上瑶池近，画舸新收帝旆遥。
红叶不遮香藕梦，荷锄人过五亭桥。

瓜州古渡远眺

名津久慕始成游，帆影频牵秋思稠。
隔岸柳烟因市乱，回汀箫鼓逐潮浮。
芦花几渡骚人梦，吴酒长呼远客舟。
高架尽携喧闹去，一江灯火是瓜州。

夜览双湖景区

巧割瑶池抟碧流，琼台好趁胜朋游。
灯分柳岸花千树，诗漾虹桥月一勾。
燕影回波耀淮上，琴声邀韵到心头。
此情端合金风约，除却双湖不是秋。

过江苏响水县感农药厂爆炸事

利害天平性本乖。这头若重那头抬。
瓜知味涩险中取，训自形惨血里来。
良策夺城非夺志，否兵输命又输财。
纵然响水犹需火，未必教他如此开。

题大洋湾范仲淹诗词创研基地

高踞名园卓不群，孤标自在画中分。
开轩堤纳黄山雨，抚槛渎疏东海云。
每忆艰辛继经略，更从忧乐哭将军。
登楼复诵渔家傲，重起应天当有氛。

题盐城大洋湾湿地公园樱花

裁云功力足堪夸，一夜东风灿若霞。
碧为晴生天愈净，园因客至气升华。
情纱未扰风在抱，芳讯已鸣春有涯。
高洁深凝香雪海，消寒绝不让梨花。

访盐城湿地白鹤养殖基地徐秀娟故居

草庐孤寂对晨昏，人去沧桑史有痕。

湿地女儿归浩渺，回肠故事动乾坤。

碧空曜日思倩影，白鹤寻乡汇海门。

芦荻经秋挺无折，犹朝风雨远招魂。

访大丰湿地

盐碱滩头麋鹿原，拓开沧海向天然。

曾经孤旅风吹帽，至此三千史作诠。

私欲本来催命雨，回归原是打神鞭。

人间重演洪荒力，心逐白云融野烟。

游盐城白鹤养殖基地为学峰兄题照

故事回肠已绝尘，连烟野水向无垠。

白鹇次第岸边舞，紫梦连翩心底伸。

但使青春化穹碧，不教去岁负天真。

晴空有鹤排云上，鹤背唐诗日一轮。

汾湖知音酒店听秋红女史抚琴

心琴相映岫灵开，气合烟霞在一怀。
慢抚晴柔浑有节，轻舒幽怨净无埃。
香波漫沁浑元袖，蓬岛长扶太乙台。
漱玉浣云出空谷，泉从远古淌过耒。

游金山寺

一山阁影掩重楼，石蹬斜阳远客游。
北固沧波隔云望，西津烟树倚栏收。
欲仙须过九重殿，向佛当轻三尺仇。
古刹无忘水淹事，犹擎宝塔镇江流。

夜巡西津渡

星灯古道小山楼，扼渡西津次递收。
一目千年分叠栈，六朝百步各存幽。
石横白塔高罗巷，名绎昭关更著愁。
最是宦游人未去，晨昏遥望大江流。

西津渡夜宴有记

华灯初上小山楼，云阁平添古驿幽。
城为小诗传异彩，津因鸥侣驻乡愁。
半街遗迹衔云未，一片霓灯邀客游。
修渡人亲兴渡史，漫将故事说从头。

再登北固楼

金焦扼浪镇吴头，帘卷西津烟树秋。
魏晋词牌集翰墨，汉唐人物汇风流。
未经故事千年写，遍拍栏杆几度愁。
喜看龙腾云际会，大江滚滚史悠悠。

重游焦山禅寺

再渡恰逢蓬岛秋，扼江一柱抵中流。
连云烟树杂重色，夹岸僧钟渡远鸥。
字石欲留偏已破，碑文将补尚须钩。
书廊竹影涵斜照，隔水芦花不浪舟。

冬日访胥塘西园

漫循石巷几重幽，江左风华集一隅。

宅老偏宜忆南社，塘深不易认吴钩。

英才知应需时唤，绝句当为盛世讴。

抢拍争寻八子侧，可曾家国系心头。

步来成桥 访无锡安阳书院

清溪惯作榜前鸣，高槛从教诗有声。

不与浮云埋执著，偏留书院话曾经。

山房翘楚静如待，名校温馨颂即行。

览罢星参思浩荡。石桥百代自来成。

【注】

书院门前明代石桥名来成。书院在中学院内。

读新春联唱兼步和德麟兄

寒梅久蓄三冬蕾，规划新开十二图。

渐挽金融回律暖，初临玉兔报春殊。

流觞一扫兰亭寂，吟旆尽驱秦塞芜。

谁执参商鸣大吕，东风浩荡满皇都。

沈园有句

久慕沈园，今秋得游，循桥扪碑，抚残荷，慰鸿影，但见诗人风流，无觅痴女踪影，不觉怅然，无端生莫名之慨，一问放翁。

轻言错莫莫须评，影照廊桥几度惊？
可叹长亭人去后，竟教寒袂梦成薨。
半园终为双词誉，八十何销一载情。
知否人间笃情者，空谈最是不堪凭。

冬游鼋头渚

罗港樯帆迎客回，翔鸥几欲上船隈。
几重旧影非关雾，一点新红知是梅。
枫共芦花色相照，云梳柳线雪频催。
沧波涵黛三山外，蓄到清明必作雷。

夜访垂虹桥

华严汀畔画廊东，石上苔痕罗旧踪。
塔拥霓云摇细浪，桥衔残月钓垂虹。
夺美词在箫声远，分韵人来亭影空。
吴下姜郎何处去，从教红袖抚秋风。

过拙政园

石叠竹横依画廊，秋风桥畔柳丝长。
荷持霜叶思红梦，鹭枕青萍问藕香。
只为能耕名拙政，应思不战是颓章。
忠王卜宅知邻左，始信华堂也剑堂。

访柳亚子故居

楼巷每从碧水弯，汾湖道是子陵滩。
词因气盛终留句，士为情长窥有斑。
经世文章凭取舍，诗乡故事待增删。
卜居争向古黎里，一束清高诚可攀。

过徐州汴泗交汇处

二水合流滋意长，况携鲁豫汇汤汤。
从来此地不言败，到老炽情能啸霜。
风雨无关秦法律，江淮空有汉文章。
直今戏马秋风殿，仍忆南山楚霸王。

丁酉访窑湾运河古镇

排岸帆樯影蔽云，湖临河道域难分。
渡头大鼓浑如诉，梦里纤声肇不群。
船到窑湾知上下，店迎远客自殷勤。
人家柴米充老巷，各领品牌涵古氛。

过清江浦

已将欸乃汇成河，漕贯京杭起浩波。
冷暖得凭桨声渡，淮扬从此月轮多。
慢说苛政轻徭役，唯独隋炀无柩窠。
绦绾东风清浦柳，浪花一朵一支歌。

【注】

　　隋炀帝为政十余年，两征辽东，三伐西域，修长城贯运河几多大事，唯独未修自己的陵寝，历史功过自待评说。

访翁同龢故居

司农是否因常熟，戊戌同禾入影孤。
礼乐几曾凝笔墨，征鞭偏未到诗书。
匡扶颓政积难返，力挽狂澜竟却无。
一掷倘能成利器，鼎新抑或有功夫。

访陈去病故居

许命神州已过三，诗能去病未轻谈。
剑芒每在血中过，铁笔犹从火里探。
挥泪救亡真气概，投身辅国好儿男。

访甪直古镇

甫里雨中尤水乡，榴花小伞过南塘。
兰舟影瘦拱桥短，石板人多深巷忙。
是否圣陶成圣寺，确非商富再商行。
老街自晓诗人贵，银杏千秋抱旧堂。

阳澄湖拾句

着雨小溪苔石滑，临湖一路看芦花。
依稀广厦浮光近，呼啸银梭穿雾遐。
风抚紫菱无险浪，绿荫圣女有人家。
波推舟影随云远，知是鱼槎是蟹槎。

个 园

几处疏枝掩小楼，清风细雨个园秋。
剪窗琴韵浮廊角，沁枕暗香过阁头。
太守匾额终不老，盐商故事自成愁。
湖山跌宕江淮梦，绕石池深影未留。

诗咏虞山（步秋兴八首韵）

虞山琴社

遥望虞山秀仕林，经年犹抱气森森。
苍茫势接连天浪，伟岸枝摇动地阴。
琴结知音能辅国，礼扶牧竖见忠心。
诗书千卷成文脉，字字如闻警世砧。

柳如是

夕照竹园疏影斜，池边秀木倚轩华。
浮名空负白门泪，情约当嗟西子槎。
星暗琼林苦经雨，灯红画舫忍听笳。
稼禾常熟柳如是，即得梅魂人似花。

翁同龢

甲中两元同日晖，回春应叹力衰微。
西风未至树先动，山雨欲来云乱飞。
辛苦三朝凭德化，匆忙一掷与心违。
将倾难固皆因势，笑说司农天下肥。

钱谦益

漫说人生似弈棋，错投一子便成悲。
才能夺美堪夸馆，德不容魁莫恨时。
经国雄文八斗早，扶轮长策五车迟。
江山易主因时乱，每到临枰应有思。

黄公望

行吟迟暮向溪山，放浪情怀天地间。
神逐浮云凌絕壁，笔融紫气点雄关。
乾坤容我诗兼画，咫尺任他声共颜。
孤杖轻敲岭头月，不思金殿是何班。

瞿式耜

孤军惨淡桂江头，魂系寒枝抱素秋。
夹道黄花泣离绪，排空碧柳慰乡愁。
纲常万古独看剑，厄运千遭不逐鸥。
生死休教问吴楚，从无忠烈弃神州。

言　子

孔孟文章经世功，春秋故事在论中。
漳南丝竹簇新月，岳北渔樵漾古风。
暖退寒烟庶气厚，晴回春苑庆云红。
前缘享我武城宰，长揖深躬拜邑翁。

仲　雍

岐山回望叹逶迤，东去中原寻远陂。
稻菽经秋自成粒，燕莺绕树不争枝。
晴开羁旅每相问，生乐渔樵志未移。
妙手殷勤定吴楚，众星遂向大江垂。

谒骆宾王祠

英雄一怒赴朝殇，千古国人悲露凉。
诗出渐开唐气象，檄成敢抵汉文章。
由来意气见风采，磨钝忠贞是脊梁。
但自咏鹅人去后，屐痕到处即家乡。

参观嘉兴南湖红船

小乘柳浪舸中闲，来访中华第一船。
意咤风云生久慕，神融日月作欣看。
亭旁巡礼忆重障，湖上枕流思远帆。
谒罢振衣抟劲节，绿荫深处起笙弦。

学会赴浙江采风刘征老诗以送行依韵奉和

花漫晴烟绿漫梢，将匀消息盼妖娆。
久闻画舫可澄念，便下江东一荡篙。
船叱风云隆禹甸，情随明月漾湖郊。
禾城击节行千里，报与诗翁兴共豪。

访遂昌汤显祖纪念馆

还魂故事遍篱樊，应是先生才未喧。
未使腐庸回禹甸，偏教辟地变桃源。
纵囚自有除虎魄，午衙得分怀梦幡。
但听街头按歌舞，丰碑千古不须言。

访王财贵经典学校

临园顿觉雨丝丝，早有新荷靓旧池。
欣看小楼依老树，沉迷深荫布苔衣。
秀田方醒泥中味，铁干犹耽芽上诗。
德被千秋成倚靠，不行经典欲何之？

雁荡山大龙湫

天开一堑泻云流，飞瀑喧喧铁嶂遒。
虹气缤纷耀螭影，清光迤逦啸寒秋。
饮残欧冶三尺剑，卷尽丈夫千古愁。
沐雨顿消尘俗念，挟雷万里下丹丘。

重访雁荡大龙湫抒怀

十年一剑淬犹磨，雨后龙湫雷作歌。
寒浣星云腾白马，暖生珠玉泻银河。
宁将浩气涤尘瘦，不教清流遗憾多。
笑看瀑边花竞放。从容倾注未蹉跎。

己亥新正喜来登酒店贺乐清诗词 三代会成功召开

雀登梅度喜连环，雁荡凤雏迎季颁。
三代风流和羽至，十年甘苦逐云删。
瀑帘珠玉纷纭后，续接嘤鸣谈笑间。
细雨欣听二湫事，由来好水总宜山。

听乐清越剧名媛李美凤周妙丽清 唱十八相送

越腔美妙意缠绵，诉尽人间儿女缘。
旧怨还因新怨恼，长亭偏又短亭牵。
几投足续双蝶梦，一滴泪成千古诠。
酒为花痴每因月，山风习习水潺潺。

游宿县皇藏峪

山环云路九峰崇，壁挂青樟桥渡龙。
王气何时盈碧落，蛛罗依旧荡秋风。
洞中日月焉知小，石上乾坤未虑空。
毕竟青山掩不住，始从败者论英雄。

游宿县汴河风景带

曾言天子渡闲愁，每日行人夹岸游。
重筑名园还故国，新排藁栈现清流。
乾坤无意促同步，风雨有情偏宿州。
应笑隋炀用心苦，三高已过汴桥头。

过宿县涉古台

日照孤台草色茵，揭竿故事借书真。
轮徭本应服戍役，苛政原来催祸奄。
妖作鱼书能惑众，群为鬼使不由人。
并非时雨阻陈涉，蚁穴成灾决大秦。

访太湖状元及第

天开一镜碧眈眈，奇岫凌云出皖南。

慈忍法门应不二，文通宅第右其三。

流光在在知和气，懿德如如耀佛龛。

禅苑欣传状元佩，莲花犹向翠湖探。

八闽行

浦城丹桂情一组读后致超范兄

早闻翰墨出钱塘，南浦果然和桂香。
诗曳仙霞集六韵，神融梦笔汇三方。
才华溢处何须敛，剑气盈时不待张。
北闽秋丹寒欲染，已教绮色压群芳。

浦州大水口山顶农家

电灯远比蜡灯明，村墅篱边傍竹荣。
信是武陵人未老，知他桃令地能耕。
农家原是脱贫户，生态从无埋怨情。
集约行来治富路，溪山深处气云平。

经衢州到浦州

频迎隧道直还幽，高路从知到浦州。
谷静烟迷修竹影，林深雨湿小山楼。
新村漫逐茶园绿，老屋浑牵乡梦稠。
美景衔云方入目，轻车已过凤山头。

访浦州匡山双同村

迎门合抱大夫松，碑石一行诗引踪。
故事曾經世尘外，人家栉比白云中。
四贤隐处桃花雨，万亩兴时太古风。
信是竹林埋韵厚，青山咬定惠双同。

访浦州观前码头遇雨

兰田玉断坠帘珠，白雨连江乱入图。
云涌青山色愈重，风回湍浦浪偏无。
浮桥索动行人杳，老宅厅深故事殊。
知是沧波寒共暖，群鹅列队向天呼。

浦州唐桂题咏

一从使命逐云低，丹桂情同日月齐。
绿醉吴刚千叶茂，红邀王母九龙栖。
并非寒露逐时晚，应是花期因客迷。
早有石碑邻树下，郁香成酒待君题。

浦州观际岭九漈瀑布

青竹栏杆折复萦，瀑成九漈滚雷声。
珠帘倒挂银盘泻，壶口移来乱石砰。
雨后山溪加声色，云前松涧有阴晴。
人凭飞栈横空入，截取天河一段情。

访际岭新村

临溪栈道接廓亭，雨后竹林格外青。
飞瀑观时松谷靓，饮烟起处小楼宁。
稻田金穗邀丰酒，村壁红星点石坪。
纪念碑前人影动，军歌伴着惠风听。

访浦城小密包酒集团

出墙红杏在知名，詩酒从來崇信诚。
创业为图千古计，振兴岂止百年程。
窖香催梦应时酿，牌耂生花双倍赢。
小密宜斟包亦醉，千杯合作一杯倾。

福建莆田东屿御九珠宝城

断铁功夫火后青，遥从始末看行经。
天闲境界先钟秀，石著诗词便性灵。
极品随缘循六艺，产权待化纳千形。
涓流汇海容兼大，直挂云帆鼓不停。

莆田三福紅木家具城

木至莆田知市场，仙游自古气轩昂。
艺巡欧亚开天地，神集春秋接海桑。
文化有承唯自信，精工无诈待人扬。
初心不改共风雨，国器千秋铸殿堂。

莆田善艺臻品城

盛誉雕成大雅堂，功夫集结味琳琅。
精工手上流日月，入境品中寻汉唐。
极致由来看收敛，轻浮原不见疏狂。
气神尽在天然处，简约平添一段香。

正月二十访莆田

寒衣无碍闽东云，积翠早传南莆春。

蜡铸芭蕉雨林秀，红皴梅树画堂新。

酿花温度知渲彩，点石功夫俱绝尘。

海气尽抟灵气厚，相思岭外木兰津。

咏湄州岛妈祖石雕像

仪表从容恩宇宽，一绳母爱祛千寒。

心灯远逐云帆湧，晓梦近随欧影盘。

四海仰韶天有象，千秋朝拜凤回鸾。

恐无消息到呼应，日夜每朝风浪看。

莆田游木兰陂兼怀钱四娘

福建宋元佑年间的水利工程木兰陂，传由当时莆田一美
貌女子钱四娘兴建，至今受益莆田。

长堤调律起雷音，布蕙母仪鸣古今。

新鹭翔晴天照影，老榕疏雨客扪心。

抟泉成韵云能鉴，借石分波海不浸。

一凤扶摇振双翼，美陂常响木兰琴。

过莆禧古城

旧事艰辛欲说寒，年过初四忆心酸。

一门崛立连城阙，四壁围成定海磐。

风雨何曾乱时序，生存自古赖平安。

老榕情愫将军意，根本还从石上看。

【注】

据传昔日倭患猖獗，逢年节杀人劫掠，当地渔民不忍初二拜年闻丧，改为初四拜年。

访莆田广化寺

廊庙参次殿角新，老榕摇磐自华轮。

每从形势说成像，即具规模便著神。

三界回还从广化，一厢晴翠待初因。

德行天地须忘我，学问功成唯苦辛。

莆田雅集阄宋人"小寒清坐隔疏帘"句分韵得隔字

未忧霜鬓逐云白，序会小寒杯小适。

律共和声茶浴神，词邀分韵酒明宅。

清时有价实难估，初月虽寒尤可摘。

暖意如兰随句生，疏帘垂拱岂能隔。

上杭书院怀丘逢甲

气存半寸关家国，节守一支应有担。
奋战孤隅持勇万，拒降七日上疏三。
田横欲使劫灰尽，曲子犹拯颓厦惭。
毁誉何曾失热血，不教随意觑东南。

题上杭临江楼

守仁门对小江楼，水枕苍烟没石头。
古渡无船犹带索，老榕有隙不疏流。
棋排星火曾几度，诗忆重阳期再讴。
一树清风勿须借，虎谋读罢读龙谋。

【注】

　　上杭县汀江边旧城阳明门古渡大榕树下有石桌石凳，
1929年朱德和朱毛泽东在此下棋。临江楼上有毛主席当年
写《采桑子·重阳》时住过的房间。

上杭题华嵒塑像

石取其魂瘦露透，艰辛历尽几勾留。
山川在抱工兼写，社稷于心意合谋。
翰墨淋漓形八怪，江湖沦落酒千瓯。
题名非是由金榜，画抉淮扬第一州。

挽蔡厚示先生

东南才干拔重城，妙语频携夺席惊。
诗拓遗荒犁知奋，意疏双柳字摇晴。
勤耕自介厚皮老，劝读谁呼葆国兄。
噩耗已成隔界泪，更教何处问先生。

粤桂行吟

巽寮湾弃渔船登快艇巡海

轻舢不解问渔情，旋作飞舟浪里耕。
共楫烟云七八子，关心风雨两三声。
避礁方领鳌头险，斩涌须过龟背惊。
犁罢杯传慷慨句，疏狂一掷感曾经。

秋到巽寮湾

群鸥罗港竞徘徊，海至巽寮随望裁。
渔讯临波帆点点，云楼隔岸影排排。
山迎旭日一湾碧，月涌初潮半岛回。
向晚凭栏邀友醉，五洲涛浪入怀来。

惠州西湖怀朝云

风雨无辜玉树花，得逢君子走天涯。
寒梅何处悲沦落，弱柳从知感物华。
不合时宜关大爱，但凭荔酒乐农家。
平生已许西湖水，孤冢长教抱紫霞。

雨中离别海王子

老天何晓别时难，倒泻瑶池江欲翻。
三日相知诗与酒，一朝挥泪拭还潸。
巽寮竞渡成往事，华夏题名期后年。
大海本来水世界，雨中半岛可安然。

惠州西湖访苏祠兼怀东坡先生

廊庙无缘擎玉柱，山川有幸著词遒。
但倾诗酒邀云醉，不合时宜笑孰愁。
尘扰每逢雪浪碎，乡思长作荔林游。
杨梅泸橘岭南月，天下文人知惠州。

谒惠州西湖苏子祠

青荔欣逢梅酒浑，柳荫堤畔有偏村。
知难无事不思庶，怀远是门犹望君。
味至搜罗愧鸡犬，食从敲骨到寒温。
举杯每约朝云伴，千古西湖月一轮。

海王子学习型酒店感怀

旧时绛帐欲何寻，漫抚栏杆情不禁。
沧海有知回荔语，青山着意蓄文心。
千秋皎洁东坡月，几度寂寥梅子林。
惯听淘沙惠东浪，潮头长作水龙吟。

访三乡诗社

诗诵方言字带温。三乡结社古风敦。
黄泥早换前途阔，山稔争开花气浑。
从有寒窗看孝子，几多奇崛出偏村。
缘何星列八十宿，陋室铭中天地论。

夜宿梅州围龙山庄

阴那山中感绿肥，单枞如蜡几牵衣。
路花散处名须辨，丹桂开时香莫违。
半榻烟云楼北顾，一亭风月雁南飞。
黄昏客至茶当酒，梦倚芸窗醉若归。

瞻仰叶剑英元帅故居

问饭廉颇疑美闻，回天气概咤风云。

棂窗灯盏别时冷，家国安危线上分。

靖难长征破重险，临危一剑定三军。

松冈慢道循因果，元帅生来有虎氛。

23日梅州探望求能兄, 与东遨兄失之交臂, 旋即, 梅窗兄发来诸兄酬唱之作, 亦步亦驱以期共勉

此生引路在心灯，唯有打拼均可能。

执着由他双鬓雪，疏狂守我玉壶冰。

病来偏不扶榆杖，酒后依然约豆棚。

诗道峰高人未老，余年携手共攀登。

3月19日崖山感怀

退让终将退步无，那时应料此时孤。

孤忠誓不遗民泪，群誓遂偿桥驿初。

廿万人头同入海，五千载剑始出炉。

居高当斩无常雨，前事休教后世哭。

过惠州西湖

绿拥丹丘一塔高，鹭栖远树点云遥。
清波抚柳明书院，孤冢疏梅望石桥。
人为朝云品知惠，湖因旧事影尤娇。
客留小岛窗非掩，恐有诗违九曲邀。

惠州西湖访朝云墓

淑仪从未悔曾经，独守西湖爱有倾。
人去无惊风雨虐，我来已见水云平。
时宜笑向梦中问，梅骨知标雪里荣。
热泪凝诗三掬暖，但能一暖代先生。

乘索道上罗浮山

飞索迎风雨霁初，晴纱新拭访罗浮。
霞分瑶彩云能摘，气接南冥星可扶。
绿浪涵丹葛泉响，青蒿衔韵屠槎殊。
半湖半廓凡间好，坐拥群峰入望舒。

珠港澳大桥

和烟带雨础相连，海到清时龙影翩。
脉动琴心振三地，弦调潮韵汇千年。
远航挥却零丁雨，大道重回太乙鞭。
巨弩凭生啸云势，东风驰荡发征船。

广西上思万亩蔗田行

蔗田如海碧千顷，车在青禾浪里行。
翠岭含烟涌琼岛，白云衔梦作帆屏。
叶分香韵千秋远，根播甜歌四季盈。
几处竹林舒秀穗，长纶尤钓绿魂生。

宜州雨中访山谷祠

细雨霏霏山径遐，白云作伴访诗家。
小祠寂静人何去，长卷森严韵可嘉。
书启二王间架老，诗宗一脉气神华。
晴开如见宜阳骨，月照南楼影不斜。

深圳印象

历史何须期百年，春头不让蜡梅先。
都骢速度诚能载，搞活文章信可传。
广厦罗虹逼香港，长风破浪看征船。
渔樵休论蛇吞象，盛世拿云梦自圆。

应邀福田诗会飞机上看深圳

风助银鹰挟雨行，巡航半日抵鹏城。
灯分楼厦瑶池灿，波汇帆樯沧海平。
创意再推新故事，兴诗重铸大文明。
爪鳞已蓄拿云势，晴点福田看翥腾。

参观福田公共文化示范区

文能兴市史能传，回首曾经行未偏。
四十年来春故事，一公里内乐琴弦。
人知不足近乎勇，业秉其长成以先。
因果何须期后世，九天仙子梦来圆。

访石厦股份有限公司

摩云楼又众孚堂，昔日渔村变福乡。
地接港台八姓乐，情连翰墨一门香。
杨候宫静忠怀壮，合股筵多族味长。
理罢新区人未老，大榕树下话沧桑。

深圳益田社区印象

鸣锣票会戏开场，大嫂兴来初亮腔。
人在社区皆乐事，笔开画卷有书香。
物业楼高情细腻，居民年老侍周详。
福保已迎财力满，和谐好做大文章。

咏南园河畔诗会园

慢道兴衰一线分，界河难隔水中鸳。
栏杆曲径疏楼影，湿地草花含旧痕。
吟咏原能催变化，去留端的赖依存。
工余人约黄昏后，此处清风惬梦魂。

海南行

访儋州东坡书院（外二首）

儋州再拜意何从，浪鼓北江垂几重。
社稷于胸唯仰止，宦途多舛叹穷通。
依旧清风洗寒帐，直今明月照孤鸿。
未死南荒犹北望，天教宝岛眷精忠。

（一）

白荼仍欲漫围墙，村路询犹隔水望。
几片绿椰扶草舍，一蓑孤影立斜阳。
劝耕未忘饥肠苦，设帐恒思家国长。
满园秋风怅一拜，耿怀无怨怨文章。

（二）

若非凡事不过三，排挤能无南更南。
官为诤言谪海角，天教孤岛驻龙骖。
耿怀未受疏狂累，苦酒偏因旷达甘。
谁料飘零千载后，鸿痕只为一人探。

依韵和逸兄海南火山口

石上文章草上烟，一朝倾吐是何年。
炽情不待苍岩写，心语犹将绿蔓牵。
新路难寻题未解，旧痕长抚梦能圆。
但教花木知明灭，笑口常开每向天。

晋陕行

永济伍姓湖

平明一鉴出尘间，澄碧能无伍姓关。
古渡渔歌函白日，帝乡凫影会晴鸾。
光垂大义云舒卷，梦逐小康人往还。
每浣中条四时瑞，从来好水尤宜山。

再访楼板寨

塬上新村入望赊，院中散曲倚墙斜。
长思短信枕边语，假药低油待售瓜。
梦里星云遥未阻，乐中滋味足堪夸。
尽倾留守关心事，催白酥梨三月花。

登鹳雀楼

势拓尧乡八十州，潼关东望傲平畴。
轩开条岭飞重障，槛砥长河镇激流。
古渡原绳九牛尾，小诗独占五言头。
山川欣入襟怀满，气贯中华第一楼。

登中条山五老峰

风中招手云可渡，云里寻簪知是谁。
对岳忘从论剑意，临河当悟问仙规。
峰转乾坤因不老，道循日月始无为。
一图千古读难破，鹤笛年年苦替吹。

登华山

欣凭索道度晴峦，玉柱擎空神可叹。
石上沧烟沉百感，云中孤径纳千寒。
仙栖西壁能邀月，人到中峰尽得天。
影浣星河应有梦，崖头一枕笑陈抟。

访王官峪

车近王官路渐狭，草庐高岫紫藤花。
鸣蝉时断池边树，飞瀑高悬石上崖。
跳雨连珠绮云远，藻衣叠韵梦思奢。
尘心净处生凉气，古柳荫中唤酒家。

蒲津渡铁牛

铁牛自有牛脾气，非到吉时才出泥。
横竖未言风雨苦，高低唯念力心齐。
渡来华夏千秋业，点破黄河几度谜。
依旧铮铮昔年骨，得逢盛世又扬蹄。

雨中登华山

太华千仞入烟青，径走偏锋心不惊。
雾失雄奇云吐岳，晴开宏旷壁衔灵。
无知深浅便无畏，有悟艰辛方有情。
绳拔流云沉百感，目回险要叹曾经。

谒元遗山墓园

苔痕无意叙当时，冢院深深应有知。
椽笔寂寥野史隽，真情浩荡雁丘悲。
严霜未老孤臣志，寒树犹摇傲雪枝。
信是民心终守古，直将绝唱作诗碑。

谒广胜寺

梵声漫度国槐荫，洪德岂关殿堂森。
宝塔浮光可澄露，圣泉瑞气自清心。
老僧秃柏几声雨，孤磬疏钟数点琴。
但使金绳脱尘海，法严妙相古通今。

访乔家大院

村前村后落枣花，轻车一路到乔家。
门厅错落阶崇厚，廊角勾连气逐华。
敢向庙堂夸经国，岂知岁月更埋槎。
豪奢依旧人何去，砖石空朝后世夸。

梦回汉中

祁山征鼓几回闻，蜗踞终南卓不群。
名抱沧桑长守汉，背依河岳未离秦。
寒梅红退涵关紫，油菜香抟禹甸云。
吹角梦惊崖上栈，从教赤子泪纷纷。

游骊山

炼石原为开帝乡，一山淑气始娲皇。
凭生褒姒九重火，摇落玉环三尺汤。
故事每从凄婉结，江山总被美妍妆。
无情焉得释兵谏，似火榴花点夕阳。

寒窑寄语

痴情休作等闲看，五典坡头有美弹。
孤艳无忘梦蝴蝶，斜阳独照玉栏杆。
土窑一枕秦腔婉，贞节千秋铁石寒。
至此人思曲江侧，不从贫女耀征鞍。

初冬访曲江池

漫从故事忆当年，来向曲江寻画船。
浅岸清寒行迹杳，孤舟迟暮钓形单。
欲辞白傅思无尽，遍访旗亭客未全。
对影凫鸳应如昨，翻红频拨柳池烟。

西安朱雀酒店抒怀

端得前生童仆颜，修成几次到长安。
每寻未觉曲江老，屡诵方知画壁难。
吟后凭谁解驴背，酒余笑我说诗官。
由来热血关家国，绝唱还从马革看。

谒苏武祠堂瞻仰持节铜像

欲将何事教儿孙，当抵武功瞻此门。
九死无忘天使命，一生不辱旧时尊。
坚持已自君行始，放弃而非我辈论。
风雨千秋人未老，犹扶汉节向晨昏。

过马嵬坡

道观疏枝思国色，临風塑影解婆娑。
浴前织女数翾少，妆后罗敷一笑多。
偿未忘情人纵欲，当无长恨句铭坡。
芳魂抵否荒唐辱，冢上遗尘犹美婆。

九龙泉山庄夜话

人以群分话未虚，况因古道会山居。
诗逢佳境出奇句，杯为新朋闷倒驴。
笑语情邀弦月下，羊排香透紫藤初。
时过夜半茶当酒，一诺天涯不用车。

茂陵感怀

马上封侯照不宣，茂陵王气霍陵烟。
探囊重障嗔千里，夺命连营振一鞭。
辅国每从骠骑后，论功谁在冠军前。
至今碑石遥相望，自古英雄出少年。

登太白山

携云飞渡点穹苍，触手星河叹尺量。
峰拔仙台天目远，谷回栈道伐谋长。
自持境界分寒暖，即主风云见脊梁。
古有神鞭执河岳，今看华夏驰龙骧。

访商山四皓墓

闻說商州容四皓，今来三冢影随形。
不知人逐松菇老，还是山由大隐名。
有意避秦秦已殁，无心扶汉汉偏成。
弃封仍守清风抱，长使古今吟德行。

访商洛丹江船帮会所

团形帮派忌强梁。公约成规富一方。
敢面江阳临水立，定当风气利船航。
民能自治足兴国，政益通行可振邦。
即命商山容四皓，便知百姓悦时长。

题商洛长安故道仙娥湖

明霞飞练接双峰，大坝裁云起彩虹，
信有碧波能塑鉴，绝知古道可腾龙。
鸡声茅店出尘外，人影扁舟从运中。
秦岭苍烟连广宇，深蓝高路两相通。

内蒙古行

葵乡咏葵花兼寄巴彦淖尔西洋六老知青

花追冷菊色如金，绿叶兴波霜不侵。
每感四时循变化，未随百草共浮沉。
晨昏恒守正直态，风雨无耽朝日心。
实蕴中秋思哺惠，埋头抱籽向根深。

访五原县当年知青农场

墙上背包垂若嵌，拓荒人去近无函。
三篇故事曾通圣，一院秋风仍不凡。
泡面名因饭后饿，瓜酥牌赖睡前馋。
创业将成年已老，唯余汗水浸泥咸。

扎兰屯访乌兰夫故居

风衣犹汗去何方，伟绩诚能以步量。
频走东西辅国祚，无忘生死固边疆。
扶贫到户问寒暖，还草及羊知短长。
心系牧民操未尽，小楼夜夜伴星光。

观鄂伦春歌舞

谁将神鼓舞频仍，摇落星辰盼赤绳。

几度哀愁慈母泪，千秋寂寞密林灯。

欲留原始非由我，毕竟因循难再生。

往事如歌亦如诉，情随篝火正升腾。

三老亭抒怀

当年留句几人和，往事化亭亭是歌。

树至合围林气老，人能积善政声多。

飙轮携梦播瑰丽，广厦比邻回嵯峨。

直挂云帆济沧海，山城已蓄万层波。

步和闫冰兄草原赠诗

布统旗翻塞北云，长风牵梦绿牵裙。

曾经雨洗雕弓劲，适会春回玉甸欣。

插菊怀群情胜酒，抟词成束美于君。

草埋沙海无穷碧，梅约诗坛又一村。

复雪锁梅约

为赴梅邀走赤峰，瑶程千里一鞭穷。
乌兰会短顾不问，贡嘎星高遥也从。
歌汇高原舞群侣，背携干菊叹孤鸿。
诗因草茂白云畅，长啸无耽大漠风。

访元上都遗址

慢凭遗迹认皇城。来去皆因浩劫名。
柱石朝天思上阁，龙标扑地忆离桁。
雨风不解轮回意，砂碛难消血火情。
气脉空教企山水，一蓬荒草说曾经。

访上都扎克思台淖

一泓清碧草芊芊，道是胡儿饮马泉。
入画游团接踵至，出云毡帐抱霞眠。
骠骑未许亡于古，丰稔终能绿到天。
旷谷无忘牧人事，犹教胜地话当年。

多伦草原访上都河湿地公园

雨后斜阳云欲烧，都门回望路非遥。
归鸿谁惹秋思近，遣迹我随长调高。
七夕悠情扰清梦，一河澄碧远尘嚣。
平明莫叹瑶池晚，即得天心自有桥。

承德磬锤峰

气合高原暑不侵，峰能自立石成金。
千秋画影疏八庙，几处夯声扶众岑。
大计常循山作磬，小康有路水鸣琴。
白云无尽情无改，一杵铿鏓敲到今。

题姑母80大寿盛宴

心里话牵山外村，感恩恐未到娘亲。
儿传孙接飞声远，斛替杯回敬语频。
曲动心弦萦毡帐，意凝绮梦上云屯。
歌从兴起无伴奏，自唱自编情味真。

观蒙古铁骑园

铁骑喧喧耀武功，未防归路叹悲鸿。
袍凝血泪夸穿帐，剑析烟云指碧空。
帝业千秋关战永，弦歌万里在心通。
但将功过付天地，征旆长扶盛世风。

乌兰木伦河夕照

河图新辟市林清，人汇沙雕夕照明。
彩漾重楼疑御阁，雕盘远岫若云筝。
牧歌遥和胡琴晚，灯影漫扶湖水平。
花树光摇木屋畔，一杆星月钓蛩声。

读盈雪楼北塞诗选致冯国仁先生

先生本色即诗人，盈雪成集犹带春。
执着神融北塞远，殷勤力拓口碑新。
云犁深垦泥中味，月刀常磨心上尘。
为补余温结情网，最高格调是天真。

巴蜀行

自成都至江油道上

车过绵阳意便亲，长空对影幻成真。
高桥已别阴平险，剑阁犹匀雷石新。
水让清泠针砺杵，山匡正直气干云。
千秋太白那轮月，未到床前先照人。

匡山李白读书台

近拾松涛远拾岚，苍阶竹影入云端，
让河一带飞天镜，匡岭千寻夺玉磐。
风可通神时蕴剑，月能问道慎分餐。
几层苔接万里路，石上杵痕磨未干。

访北川震区羌寨

漫逐灾痕到石崖，羌民赐椅寨门华。
檐头灯照层楼亮，震后伤平新树遮。
但奋余哀抚旧痛，最知春序是寒花。
当街红柿摊边女，人道生前村长家。

北川雨风诗社十周年祭

际会方兴午未斜。莫教迟步扰芳华。

席间应有惊人句，石上新萌昨日花。

山川凭鹤行千古，李杜因诗共一家。

识得吟成始瞑目，从今炼意是生涯。

登江油窦圌山二首

（一）

凭空飞索幻成桥，天堑有门惊顿消，

剑析双峰磬萦殿，云开一线壁凌霄。

客灯孤独酒曾助，清句疏狂仙自招。

从打骑鲸客归后，骈臻金顶路非遥。

（二）

缘何咫尺竟遥遥，点化光风不待招。

出世双峰擎碧落，凌云一柱峙清高。

势分奇崛神自立，索渡苍茫尘顿消。

书剑往还非是幻，心牵合气即天桥。

登剑门关

气吞荆楚扼重城，眼底长安一望清。
神定乾坤绝鸟道，势排鼎锡有铜声。
直今方解空说剑，到此已知心务平。
阅尽浮云指星野，雄关自古属精英。

登剑阁二首

（一）

乱石砰涯句自寒，绝知鸟道逾云难。
连峰七二锁悬壁，孤钥一门开剑关。
刀影方消冀儿泪，征氛犹拂汉拯缩。
无惊有恨苔生雨，何处能容驴背闲。

（二）

为寻绝唱访天衢，堪叹谪仙言不虚。
此处刀氛非斗勇，谁云鸟道只宜驴。
断无闲句于行后，唯有惊心在险余。
石上苍苔凝似血，奇瑰占尽是川途。

谒姜维铜像

剑阁从来疏战云，蜀中双影列殊勋。
无孤有偶忠能鉴，以一当千勇可分。
讵料安危非隘险，须知稳固在民勤。
当年廖化若能敌，肝胆何由哭将军。

参观诗仙阁酒窖

太白闻香吟有声，挥毫临阁带微醒。
句凝仙酒能邀月，味酿连泉可退兵。
一剑夺魂沽未醉，五丁开路备无惊。
而今我在墰边立，不问诗名问酒名。

清明节前挽扑火遇难烈士

宝刀每向阵前横，水火无情人有情。
三日啸霜功是胆，十年磨剑志成城。
青山不倒赖忠骨，大业艰难须善行。
一掬清明涅槃雨，凤凰永在火中生。

宕渠道中

袍哥脾气久闻曾，高速路边徒步僧。
江畔楼高门已定，树间宅老灶犹蒸。
诗推两榜标慕府，武汇八濛酬汉丞。
最是文峰续文脉，仰天一啸竟谝能。

谒渠县文庙

太庙何曾叹式微，状元桥上绿苔衣。
戟门云锁大成渺，圣殿尘封过客稀。
且抚伤残葺文道，漫从取舍认玄机。
宕渠唯此诗风厚，方信棂星影未移。

咏汉杯酒

何故赉人无不摧，袍哥脾气自恢恢。
刀环衔得几重绿，鞍马携来一剑雷。
味动八蒙飞韵远，香邀太乙掣渠回。
能将勇驻帝师后，汉阙原来出汉杯。

【注】
　　渠县原名宕渠，古有赉人立国三百余年，遂有标功汉阙多处，汉杯酒以此而名。

过渠江三会古镇

川江号子几曾吁，创建终教访宕渠。
汉阙仅存临且仰，蒲祠唯敬字耶书。
车停画外拾诗后，船靠江边待酒余。
知是袍哥豪气在，新津不让旧津初。

夜宿渠县碧瑶湾

未到宕渠非觉迟，袍哥义气乐方知，
留园翠竹恋明月，汉阙浮雕压汉碑。
草为花繁色非乱，雁因水净忘思辞。
情酣不计茶当酒，寅夜蛙声敲醉厄。

游渠县賨人谷

域小人稀地不平，自将忠勇布声名。
瀑雷盈洞賨人谷，铜刃防身板楯兵。
酒洗血衣和泪煮，功抛汉阙带烟烹。
漫从遗址认遗事，忍向丛岩说远征。

三会镇乡间川剧

远楫锚时堂便升，一鞭能抵百千兵。

下台锣鼓上台戏，剧外茶娘剧里英。

直把铜壶烹岁月，不教袍气付流平。

川腔不改旧津味，清茗三杯自解情。

泸州老窖精神

韵涵巴蜀气神豪，老窖杯中认二毛。

沱水经年育赤子，仙方广益酿佳醪。

诗邀太白烹银汉，旗拜子龙披战袍。

马上传卮倾一醉，鞭疏连塞俯看刀。

夔门登高二首

（一）

晴闹赤甲白云飞，江入夔门势若归。

人为知音倾肺腑，川因大爱敞心扉。

瞿塘霞涌千帆丽，白帝城圆一渚晖。

情逐沧浪沉百感，海山之托莫相违。

（二）

开山功力未须评，夺路夔州排闼菁。
涓滴吟成蹈海势，宫商谱就枕流情。
千回承诺千秋约，一泻纵横一剑鸣。
龙字大书弦永振，汤汤不尽是奔腾。

夜过瞿塘峡二首

（一）

值航携韵入夔关，李杜诗章吊壁还。
舟载猿啼寻夜色，情随秋兴到江间。
句中忧郁始重悟，心底轻浮犹待删。
山影如形排闼去，瞿塘晓月一勾弯。

（二）

晚辞北斗入夔门，迎面寒江气可吞。
故事纷呈和浪涌，文章骀荡逐潮奔。
句排悲雨释孤泪，诗溅危崖凝剑痕。
怅向青山遥一拜，荡胸已满大唐魂。

小三峡再访神女

欲梳还乱巫烟封，神女春闺移此中。
持重香蔼堆若岫，知音钢架渡如虹。
情涵罗帐半遮面，诗吐飞笺一点通。
我欲乘风排闼上，白云何处紫薇宫。

访大足石刻

袖襟栩栩气神丰，贯顶毗卢静若虹。
蹊径方寻大足迹，轻车已纳满怀风。
从来教化达三界，到底修为在一通。
笛妹倾心鸡妹笑，知音尽在此行中。

雨中大足龙水湖

雨笼轻纱水愈清，平湖正适挂帆行。
荷汀花绽红方好，竹岛船来鸥不惊。
兴起山歌无伴奏，呼过诗侣有真情。
湖山幸与东风约，千里烟波一棹横。

初访钓鱼城

云边硝碚印方遒，堞畔战旗扬未收。
铁壁刀悬崖有泪，剑池门锁鬼生愁。
三年不认王朝改，一砲能教缄语羞。
千古沧桑石根在。钓鱼台上气飕飕。

钓鱼城山寺品茶

城头且借竹风微，侍茗小僧原海归。
贝叶回香心若洗，苔衣抚痛史无违。
雨疏石滑门护国，城固砲坚茶祭旗。
金桂影深山寺古，凌烟阁外兩霏霏。

星夜自成都赴西昌

单车疾驰蜀西云，柄转东南宵已分。
飞影随撩鸟道幔，流光轻带蜀山裙。
知曾强渡壮征胆，信有飞天解晓辕。
书剑邛都一夜话，满川星斗落纷纷。

初到西康

灯成火把向天烧，祈福心思逐日高。
一自弯弓拉满月，便从心底架银桥。
彝人志气经磨砺，基地光风破寂寥。
但秉精诚化心镜。凉山邛海竞妖娆。

晨登柏樾酒店

楼宇轩昂不在高，背依碧水好听涛。
燕斜廊角芭蕉雨，灯影花尖菡萏桥。
莫向瑶池觅仙境，当欣邛海助诗潮。
晴开待看湿红处，白草亭边白石箫。

己亥荷月二十四日十一点五十七分西昌发射中心观卫星升空

读秒难禁半秒长。卫星耀日点穹苍。
气凝今古数声罢，电掣云雷一箭翔。
热血沸时神概耀，巨龙腾后魅魑降。
千秋后羿弓张处，谁访嫦娥叩月坊。

赞西昌女知青

格衣军裤海魂衫，小辫抓鬏撅到天。
百转艰辛扶老幼，半生忧乐在粮棉。
宁唯巾帼听党话，不向青春叹路坚。
直教初心伴忠舞，歌声犹共笑声甜。

西昌火把节

漫山火把举频仍，摇落星云結赤绳。
缯线浑牵慈母泪，视屏同灿密林灯。
拟留原始非由我，欲祷复兴须著情。
彝俗如歌亦如诉，火红日子正升腾。

邛都湿地游

凫汀烟渚野芦沟，湿地知从邛水头。
浅岸石榴花解语，雨塘红藕叶推舟。
荇残苇接渔家乐，黛合岚分画笔愁。
彝女新荷言未尽，小船已过紫菱洲。

登建昌古城

巧循山水古城门，几废几兴兵作屯。

无敌大通通日月，出墙老树树轩坤。

武经血火神能助，文崇乐忧清可论。

书剑由来信有种，精忠待问石间根。

云贵行吟

云南镇雄县坡头镇赤水河源头鸡鸣三界处

云出夜郎知汇通，源生赤水下乌蒙。

引吭黔蜀鸣三界，交汇星参贯一虹。

名即司晨神入画，峰能作浪史成功。

人承气概山承志，崛起西南当镇雄。

兴仁登马乃古营盘

风雨难移磐石坚，疏林芳草古营垣。

云囤龙岭千重秀，气荡苗川五寨烟。

经纬无形天有数，人文虽异脉相连。

甘将血溅青岩上，不负彝家十万山。

绥阳过公馆桥

云疏石板影参差，苔掩沧桑不掩墀。

桥拱衔波风在抱，竹林摇月绿萦枝。

荷锄野老踏春早，背篓村姑散社迟。

古道由来别驿站，一川烟雨一川诗。

绥阳温泉浴

濯缨何处最相宜，汤出天然境自奇。
花气临波香涌动，桂枝筛月影参差。
水温任选随人愿，药浴何如待笔题。
神汇林泉山在抱，一川风物胜瑶池。

黔西南州过万峰林

群峰乱点玉簪头，漫卷云岚舒画轴。
田润淡青萦碧水，树皴浓墨掩层楼。
小康始渡路非远，主席曾临望不愁。
物竞和谐人欲驻，神仙传说信能留。

谒遵义会议会址

名城一日二登楼，来仰艰辛八十秋。
座上激扬犹震耳，世间羽化已腾虬。
解悬每待乾坤手，蹈海全凭破浪舟。
圣地由来传圣火，神州圆梦喜从头。

秋登娄山关

恰是初冬吾辈臻，苍山依旧未霜晨。

振衣极顶峰如海，回首行程铁似真。

旗卷西风情浩荡，云扬习雨意清淳。

而今迈步从头越，续写长征故事新。

听遵义師大杨珺雅老师二胡演奏葡萄熟了

琴韵悠扬绕指柔，清溪跳涧汇泉流。

轻挑漫拉摇还曳，欲诉尤停吐且羞。

绿蔓牵丝人未醉，红翡罗翠粒将秋。

曲催香鬓随云乱，绮梦早生心里头。

访遵义明代土司王国海龙屯遗址二首

（一）

海屯人道隔重峦，今已径荒苔石寒。

据险曾经罗九隘，平番未免破连盘。

从來霸道时难久，毕竟营私路不宽。

几处残痕神欲去，孤门空锁旧栏杆。

（二）

凭险从知割据难，谷呈冷寂草摇寒。
到屯知是独孤处，寻径无回第九盘。
几度残关茶馬道，一川故事旧栏干。
人头已逐经营去，虎穴空留云雾间。

厚德山庄题壁

竹院清阴临巨渊，半川薄翠列厅前。
破昙甘露沁风里，倒泻银河挂枕边。
霞染丹崖紫烟渺，溪鸣深涧白鸥旋。
夜来蕉影和香入，玉助仙桥一梦圆。

题茅台摔罐故事

窖藏玉液久封坛，秀锁深闺素影单。
摔破终能见分晓，打开未许沁心肝。
味醇侵袂何须品，韵致倾城尤可餐。
香气浑然化甘露，赤河无涸酒无干。

古 风

三峡之巅遇雨十三韵

我自云中来，还向云中去。
奔腾入夔门，飘渺会神女。
神女羞无言，抛洒巫山雨。
合伞在雨中，开怀承天露。
几朵白云飞，一纸风神注。
浩浩复汤汤，如歌犹如诉。
尔来海山邀，誓盟终不负。
撷英宴瑶池，神骏慰西母。
不可学穆王，朝朝与暮暮。
风云一相知，乾坤开复聚。
千呼表心结，云峰终无语。
多情应笑我，拨云敞心路。
未叩神仙门，已湿登山裤。

题双鹅图三叠

　　日前，有双鹅图轰动网上，一鹅被缚摩托车后欲去，一鹅毅然追上，双鹅引颈长吻，其状令睹者潸然，撷衡阳师院谭教授之起句以兴。

斜阳悲影泪千行，引颈長吻慰离伤。
知子此去无归路，欲留无技痛断肠。
人言恐有渔池祸，我來但求共存亡。
断头随形同引颈。入地携手赴刑場。
生离唯恨瑤池远，死别何惧黄泉凉。
人生自古谁无死，生能成对死成双。
曾记同戏山阴水，孵幼兰亭无重数。
多少墨客访鹅池，几回纸扇济村妇。
临海七岁名三吟，右军一字值千斛。
人间富贵已无求，只在朝朝与暮暮。
不能偕老期同归，与子同行无返顾。
从此千里无情车，尘海茫茫天涯路。
尘海蒼茫期同舟，能共一朝唯自由。
风雨惨淡图温饱，草花明灭有朋俦。
趋利桃园能反目，因私结发终成仇。
人世炎凉浑不解，乾坤只知有雁丘。
鹅自殉情能取义，我辈为人羞不羞。
今作三叠成三叹，山亦同慨水同讴。
天若有情天亦老，终教因果报从头。

金秋济南词会与姊相会泉水宴

金风成酿暑将消，诗会泉城云气高。
珍珠泉柔湖蘽暗，趵突涌浪诗涌潮。
诗会不忘姊妹会，阿姊依楼盼弟归。
泉城当品泉水宴，良友福临聚一回。
相见语热未留神，清茶尽涵绿缤纷。
酒店楼高餐厅雅，室漾清风竹兰馨。
才上花篮疑无用，几次呼移女不从。
金罩深藏黄金粒，粉荨捧出玉芙蓉。
初上三人皆无语，细看方为妙厨惊。
小蟹紫螯回童梦，白蒲清香焕乡情。
珍馐端来不忍动，几番指点几品评。
红菽青姜拌香莲，湖虾跳上白玉盘。
香棹声回花带露，疏篱叶暖豆含烟。
紫葩欲被春色埋，玉粒已将秋衔来。
青株绿叶胜瑶草，竹林清气漫瑶台。
闪拍收进时光里，一宴尽含百泉春。
亦关亲情亦关宴，华灯耀月不忍分。

唐城夜雨有感

长门旧事夫如何，雨声和韵动歌榭。
朱弦每从青云邀，角羽总被凤池借。
燕翅随风点唐城，风拂柳线情切切。
未央云烟漫层楼，大雁塔影对朱雀。
纵然玄观似太真，可叹上苍无仙谪。
渼陂重访寻少陵，辋川再度问摩诘。
倒是霓灯影几重，难寻大明芙蓉夜。
不思司马赋才深，长怨文曲星不落。
铁杵成针倩谁能，有文无采非我过。
为诗几度来长安，今来又枕曲江侧。
依稀不见红袖招，匆忙两三拈花客。
当年才子何处寻，江上空留旗亭月。

参观灵璧石博物馆口号

太古渺渺起洪荒，奇石传羽出仙乡。
扣可发音真灵璧，可比琼瑶耀天光。
灵璧璜璜涵太虚，本是娲皇补天余。
无根无脉出地墁，灵气涵养水云居。
好女自有貌倾国，藏在深闺待君择。
一朝入宫伴君王，三千粉黛无颜色。
千呼万唤始出来，伴月随形影绰绰。
稳重上得白玉堂，玲珑长伴文人侧。
九龙出海形初显，双凤朝阳大梦觉。
绳纹舒网堪缚虎，螺钿抟星可降魔。
不忘初心本如墨，偶有红白乱玉珂。
形本天生不可再，视能传神抚能歌。
石磬悠悠播名远，相伴驼铃越星河。
长足已过欧罗巴，金翅欲达摩洛哥。
美石美质出美地，灵璧宿州载誉多。

白雪作原平梨花歌

　　癸巳年4月23日乘车赴山西原平梨花节清晨抵原平却见满山白雪遂作此歌

东君知有梨花约，先遣谷雨降飞雪。
千树冻云连村陌，原平未至梨花白。
素闻梨花带雨姣，未见峨眉饮琼醪。
玉宇为涤尘埃净，马上梨花著战袍。
又见昭君初出塞，红颜暖透冷裘貂。
霜刃归匣乾坤定，汉家女儿千古娇。
乱花纷繁渐迷人，层坂错落叠作云。
婷婷袅袅绮梦远，一川绮梦一川银。
繁枝最数铜川富，酥梨拓开小康路。
年年三月东风吹，游人每教桃花妒。
文化搭成商贸戏，一举引得百商聚。
如今原平梨雪偕，花气熏醉梦些些。
寒絮盈枝春意萌，晋北消息动京城。
为赴花信晓赶路，梨花未见诗先成。
新诗作罢感慨多，长吟且作梨花歌。
梨花梨花竞雪白，明年今日我还来。
来看一花引灿原平梦，城乡同庆乐开怀。

黄河金岸歌

长河一脉起洪荒，搅动黄云水汤汤。
奔腾直作东流势，痴情万里九回肠。
循谷绕涧到宁夏，铺开金色琴一张。
山作琴身河作弦，淙淙切切错杂弹。
十城弦上十珠粒，大珠小珠落玉盘。
锁龙大坝光灿灿，拉缰白马意拳拳。
弦歌一泻八百里，天下黄河富银川。
依山傍水兴农牧，党项开国二百年。
兴衰不渝男儿志，千古高丘倚贺兰。
寻歌先到沙坡头，治沙汗雨弦上流。
羊皮筏荡摇篮曲，千秋母爱传心语。
水轮车转花儿醉，点点滴滴慈母泪。
水入瀚海险几分，中卫挺起治沙军。
汗珠浇开星星绿，无边沙棘落纷纷。
草扎方格树联网，卅年唤回沙头春。
如今天下名胜地，高速纵横游客频。
皮筏冲浪回绿地，黄沙驼影漾白云。
我来尽享滑沙乐，导游原是治沙人。
拼搏振弦弦更响，渠灌跃上牛首岗。
填山建起工业园，铝锰产销天下畅。
功绩永书黄河坛，汗渍长留世纪舫。
两坝已教城乡灿，风能光伏又并线。
宁东井架太西煤，矿藏油气源不断。
能源带动百业兴，名企荟萃耀金岸。
一分耕耘一分收，万亩水田涌绿洲。

高科高速脱贫困，青龙峡起黄鹤楼。
母亲塑像凌云鹤，白云闲闲水悠悠。
黄水谣成昨日殇，改革奏出大乐章。
为教全域趋同步，贫民迁出西海固。
二十万人大搬迁，一步踏上小康路。
生态移民起点高，一村一品能致富。
绿色观光农业园，家家新房掩绿树。
葡萄红枣硒砂瓜，满园春色关不住。
美艳最数枸杞果，环球宁夏独一处。
美了靓女美俊男，痴情每教红豆妒。
情思浑如沙湖波，晴明引得百鸟逐。
扶摇直上贺兰山，岩上心语终得悟。
卅年改革业煌煌，随波翻成五线谱。
宁夏一步一首歌，黄河金岸歌无数。

松韵堂歌二十韵

雅集兴何时，文汇建安骨。
广陵散竹林，山阴兰亭序。
文脉至尔今，诗书兴何遽。
淮上松韵堂，适会燕山侣。
时作三余邀，诗酒行云翥。
咸集无少长，酬唱有男女。
法度出多门，门墙无地域。
笔墨名显显，疏狂自区区。
花间酒一壶，纸上诗千句。
长啸复沉吟，狼毫接凤羽。
一啸松云白，二啸日光煦。
三啸雨千条，四啸霞万缕。
疏时马可参，密处风不入。
欲寻千千节，待看留白处，
欲吐未言时，似有十万语。
扫我心上尘，还尔仙家露。
情从笔间流。法自读中悟，
婉约与慨慷，自在意中取。
热血照林泉，精忠吾与汝。
何时听黄钟，此处有大吕。
欲寻松堂韵，还向凤池举。

词

忆江南·小荷

千顷碧，出水韵流丹。欲撷珍珠耽绿梦，小蜓细语到腮边，莫误柳池烟。

忆秦娥·菁田玉湖小筑雅集

玉湖碧，画堂清静芸窗白。芸窗白，诗呼鸥侣，壁迎词客。　　疏帘岂作寻常隔，华灯如水洒清魄。洒清魄，远盟生蕙，浅茶明宅。

画堂春·黎里印象

柳丝伞影雨初收，买花声去渡无舟，欲趋俗扰却生忧，深巷空楼。南社风云将息，画廊空锁兜鍪，斜阳孤棹小桥头，不尽乡愁。

浣溪沙·岁末唱和

欲挽流光不自嗟，林泉小驻漫思茶，青山有待展韶华。　　每听晓鸡时看剑，何叹祖狄早还家，诗情一缕一浪花。

童幻欲乘鹅絮生，几番消息梦难成，寒梅疑是折枝声。　　九到数时犹未至，一笺思绪了无凭，轩窗起看月三更。

浣溪沙·百脉泉访李清照故里

小院人归燕语轻，黄花影瘦自娉婷。眉头应较旧时平。　　有水成泉能漱玉，无云作伴愈闲庭。直留清照共秋声。

踏莎行·临武天喜酒店

舟荡虹桥，网疏薄雾，诗廊十里明花树。广场倩影舞轻纱，小苹果伴鸳鸯步。　　客思薇波，云迷香露，匆匆花信留难住。踏歌一水为谁来，清涟恰到怡人处。，

虞美人·开封上西湖

波临河洛思重秀，形比西湖瘦。玉人朝夕望吹箫，何日徜徉柳岸共春潮。　　金滩漾璧墅楼静，游子圆诗梦。衔来枫叶寄丹曒，欣看鲤鱼携浪跃龙门。

临江仙·秋访琴台

弦动琴台声几缕，亭前谁弄秋风。浑疑伯牙醒朦胧。细微知未尽，胡为子期共。　　莫道知音寻不再，名琴易奏难工。山川无处不飞虹。神龟听劲健，日夜大江东。

临江仙·红色根据地王村口

夹岸红旗招圣地，当年饮马秋坪。回环街巷育精英，山深谋好措，水远梦无惊。　　到眼峰峦云化雨，溪江不减峥嵘。一樽壮酒又征程，青山长作伴，日夜大潮声。

临江仙·顺义浅山红叶

一夜浅山飞绮梦，秋风吹皱丹霞。经霜枫叶紫成花。丛丛红欲染，片片著晴嘉。　　当效谪仙花影卧，乘风直上天涯。聊凭杯酒挽浮槎。半生凝苦索，一醉吐芳华。

临江仙·白帝城怀古

一部神州欸乃曲，滔滔尽数精英。三峡门夔巴蜀兴。江流托白帝，诸葛夜谈兵。　　两表铺陈动星汉，一剑直指东京。当年五虎箭飞鸣。风云說不尽，马上挑袍情。

水调歌头·重游凤凰山

了我平生愿，来作凤山游。轻车直上峰顶，飞栈下云头。绝壁千寻横渡，漫撷天街琼露，玉带锁风流。挥手邀银汉，太白有何愁。　　循平仄，参松柏，过亭楼。杜鹃坡下，玻璃悬堑渡朋俦。笑看人生百态，养我林泉热血，踏浪共心舟。紫气澄襟抱，长啸写春秋。

八声甘州·过张掖

正煌煌盛暑下甘州，漠南气如秋。看焉支山下，萋萋田亩，油菜花稠。马放溪边林侧，锄挂矮檐头。禾熟麦收季，香满芳洲。　　塞上寒烟初笼，想当年一啸，去病曾游。唯轻骑年少，马上封侯。且回眸，丛林西畔，绿树掩重楼。高原夜，弦声唱晚，古韵清流。

八声甘州·奉和张会长延龙先生

正金风成酿暑将消。济南气云高。渐大明荷暗，珍珠泉柔，趵突声遥。处处重楼抚翠，丝柳舞妖娆。更听声声慢，浅笛深箫。　　恰值庆丰时候，约诗朋八百，辞赋滔滔。有词逢盛世，历下自雄豪。起瑶琴，二安祠外，谁在吟、步和念奴娇。好风醉，泉城名士，还看今朝。

雨霖铃·武夷山柳永祠

苔阶斑竹，雨霖铃处，暑退秋出。清江不尽孤独。谁寻柳步，荒祠遗牍。巡柱漫寻泪语，旧迹怎堪入目。叹昔日，灯市烟楼，乐舞沉沉大王麓。　　多情总被无情辱。几何时，教坊情空笃。瑶琴音断何故，屏幕外，有形灵肉。今夕何年，知是，诗词大会重续。待唤起，烂漫诗心，共看红梅度。

水龙吟·中华诗词学会三十年庆典感怀韵和刘征老

神州万里飞花，情随盛会萦春绪。荧屏焕彩，城乡注目，集联传句。攻擂方兴，兰亭犹茸，挥毫抟羽。把诗经诵罢，宋词和了，梅花引，莺啼序。　　休说倚声堪虑，纵征途障重何阻。寒蝉解禁，创新容变，会音合律。学会经年，耕泥啼血，重回诗侣。喜东风唤雨，铜琶振又，唱大江去。

望海潮·道口运河古镇

　　河横金螭，津回白马，滑台险扼中原。隋埠柳烟，明堤夕照，纤声远渡征船。仓廪集云帆。小城贯南北，燕旅吴嬛。市列珠玑，客盈门巷酒旗翻。　　风云几度更迁。叹星沉断岸，楫失危缆。店忆绮罗，门思远棹，凭谁拍遍栏杆。南水梦生花，改革兴古镇，丹凤涅槃。待把秦淮遗韵，洒向紫云边。

望海潮·东营河口抒怀

　　行云分浪，暗沙回澥，蒹葭不尽苍茫。浅渚流丹，烟汀散墨，天沿沧海生桑。何处认洪荒。有风擘摇日，井啄披霜。千里油田，晚霞朝露，写炎黄。　　匡扶自古忠良。看词因义厚，月为诗狂。五霸齐桓，千秋孔圣，礼仪尽数端庄。云外岳连冈。振几帆生气，鼓舞征航。极目天空海阔，一啸汇汤汤。

鹧鸪天·步和张延龙会长泉城词研会

　　一样情怀别样花，家愁成就两词家。泉城几度琼林会，合璧重光灿若霞。　　文似锦，笔如蛇，回天彩墨耀云涯。千秋绮梦知归处，信有耕烟载月槎。

为彩霞所作京战、林峰兄限韵
《鹧鸪天》以和癸巳迎春

（一）

新岁携流出沪东，征帆直挂大潮中。
云来海上无疏雨，浪起船头有阵风。
千片白，一轮红，长驱迷雾自鸣钟。
前途纵有千重险，抵达从归奋发功。

（二）

卅载重临老宅东，梦回初恋柳荫中。
高歌每约枝头月，细语恐惊池畔风。
梨蕾白，杏花红，相思夜夜盼晨钟。
情书未忘夸诗好，到底犹痴练字功。

鹧鸪天·依韵和罗辉会长

九派同宗一脉传，楚骚欣作赤绳牵。
长江浑望幕天阔，盛世当求得句先。
情作水，韵当船，诗随黄鹤越千年。
登楼自解东流势，赶趁好风催梦圆。

鹧鸪天·依韵和世广兄辛卯咏兔

一任蟾宫寂寞风，不怜寅虎不怜龙。
情思堪笑银河短，音信唯朝月桂聪。
云絮软，日轮红，几多寒暖伴长空。
人间无限春消息，亦在杯中在梦中。

新宜州山歌

好气神，我是宜山顶上云。一从三姐撑船过，便逐山歌到江心好了和，山歌编有几筐萝。山谷本来雕龙手，梦驻南楼为听歌。

散曲

【般涉调·耍孩儿】

［煞］（平安云海）峰如岛，岭似船，小丘像个松花蛋。梯田拉出条条线，云里耕耘影胜仙。奇成幻，丹阳如饼，炙手能餐。

山坡羊·醴陵陶瓷展馆

砆圆传鉴，鼓高凌汉，陶盆瓷碗云中看。有门轩，客往还，才知楼可这么建。澄露凝光成大观。瞧，也稀罕，摸，也稀罕。

依韵奉和张博兴书记《武功颂》

仰太乙云抟麓隐，襟渭水稷惠先民，教稼穑从知计垦，持节旌德树忠魂。衔日月彩虹披雨润，抚宫商大雅汇天心。（过）千秋人事日催新，文治武功著经纶。欣欣，欣欣梦圆太古音，喜看雄风振。

[山坡羊·故乡情] (五首)

回 乡

车息塘畔,马松鞍绊,人归故里无能汉。从村南,到门前,乳名深巷呼成串。管你洋装粗布衫,官,也老三,民,也老三。

拦地瓜

薯收新甸,地罗秋蔓,蔓头秧脑能当饭。细提拦,漫深翻,当心遗薯切成片。贪晚冰轮露半边。掂,薯一篮,瞧,月一篮。

摸 鱼

雨多池濑,草丰鱼快,水深将未没脑袋。逮鱼孩,下塘来,一条尺鲫踩泥外,呼伴不甘鱼半裁,抓,不上来,摸,飘起来。

柿 子

果熟村外,紫遗林盖。枝头一柿招人爱。小男孩,放牛回,晨昏仰望摘无奈。期盼明朝掉下来。梢,也摇摆,梦,也摇摆。

过 河

趟沙河漱，过吴家后，石墩夜泛冰凌凑。水还流，没石头，儿童早课晨来又。赤足拾墩谁个愁，伤，嘴不喊，凉，腿在抖。

校园情三首

[中吕·山坡羊]同桌的你(新韵)

面白如玉，歌甜如蜜，同桌班长人清丽。小调皮，线分区，一丢小辫常招气，上课无端捉弄你。陶，也为你；罚，也为你。

[仙吕·寄生草]同桌的你(新韵)

班长传帮对，恰是我老黑。几番寻衅没觉累，小刀墨水求全备，自习过线针相对。抢先举手你难谁，答题不会咱装会。

[正宫·塞鸿秋]同桌的你(新韵)

作文我擅循诗句，老师评点人得意。每朝班长悄悄觑，此时眉眼真和气。调皮全不思，寻衅全无计，偷抄理化别相拒。

山坡羊·雨中登太白山

风烟弥漫，峰峦难见，太乙且作云中看。有云杉，豆红妍，团团酬我平生愿。珠泪新透石上藓。温，也缠绵，凉，也缠绵。

山坡羊·贺草原散曲社成立

草原如缎，青丘流线。风儿伴着炊烟散。晚霞边，牧马还，诗词散曲穿成串。长调悠扬群舞欢。茶，也香甜，风，也香甜。

[仙吕]一半儿榆林诗词十周年贺

十年书剑共朝云，韩范遗风弦上分。词曲新翻慷慨文。意殷殷，一半儿疏狂，一半儿矜。

将军白发武候冠，诗句苍凉剑上弹。太守文章效范韩。看征鞍，一半儿轻松，一半儿难。

文章经世不轻谈，十载晨昏丝吐蚕。终教道晴声未喑。骋龙骖，一半儿艰辛，一半儿欢。

对联

登赢阁联

标龙启凤，涵千古清风在抱，黻黛含烟，掬一湾紫气东来。

八大碗饭店联

能进东吴八大碗，方知经略一忠心。

八大碗博物馆联

渔樵耕读，谱成梓里春秋人生忧乐；　　苦辣酸甜，调就碗中滋味太守文章。

挽秦中吟先生

论交益有年，几倚贺兰远邀，记得端午言欢，以轮代步，迎到二楼宴我；　　话别才几日，每从燕塞遥忆，惊悉春分归去，摘句成联，愧无长赋招魂。

吊柳成栋先生

几番集锦成编，但惜谋谈未曾，敢问先生撷何去；   千痛遥思作吊，应欣佳什常著，方知老友为诗来。

悼念杨山虎先生

一生翰墨相伴先生本是书生，幸也，那年永济初逢以书惠我；   几度名楼约诗县长原来学长，呜呼，以后运城再访有问询谁。

敬挽二月河先生

巨著春风来二月，长河流水颂千秋。

挽林从龙先生联

欲把岳云携几朵，衔墨成书，竟与恩师同酬我；   好裁新句到长安，以文吊古，再询诗疑当问谁。

后　记

　　《石桥轩吟稿续集》出版在即。承蒙《中华诗词存稿》执行主编吕总梁松先生多方筹措，再三催促，中国书辑出版社编辑及编审认真审改校正，特别是徐玲女士为本书组卷，几番增减调补，不厌其煩，才使本书臻于现成，得以成秩，为此，深表感谢。

　　本书，集我自上部吟稿之后，近十年来在诗词研討和诗教考察之暇的吟咏酬唱作品，记录了我近几年的诗词行踪和对诗词艺术的领会，每有吟咏，均由己出，尽属心得，在审读玩味之余或有补一二。但因本职事忙，诗稿耽于原创，内容和秩序等疏于梳理，仅依体例分类，且字句篇章，未能逐句推敲，难免意促词浅，兴致见解，略显草草，不尽之处，恐误鉴赏，望读者见谅，并请对我、对本书作品批评指正。不胜感激之致！

作者于 2020 年 3 月 14 日